Um quarto em Cavala

Viviane Ka

Um quarto em Cavala

LARANJA ● ORIGINAL

© 2024 Viviane Ka
Todos os direitos desta edição reservados à Laranja Original.

www.laranjaoriginal.com.br

Edição   Renata Py
Projeto gráfico   Selene Alge
Produção executiva Bruna Lima
Impressão   psi7
Revisão   Eduardo A.A. Almeida
Mar em cianotipia   Miriã Urbano e Dalton Filho (Estúdio Cianó)
Fotos e cianotipias Viviane Ka

Dados Internacionais de Catalogação na Publicação (CIP)
(Câmera Brasileira do Livro, SP, Brasil)

Ka, Viviane
Um quarto em Cavala / Viviane Ka. – São Paulo: Editora Laranja Original, 2024.

ISBN 978-85-92875-93-0

1. Romance brasileiro I. Título

24-234351   CDD-B869.3

Índices para catálogo sistemático:
1. Romances : Literatura brasileira B869.3

Eliane de Freitas Leite - Bibliotecária - CRB 8/8415

*Trouxe em uma ânfora
água do mar Egeu
e desde então navego nela
em meu barco de papel.*

PRIMEIRA PARTE: O CINZA

Lua vazia

O louco me olha. Eu olho o louco. Os olhos dele estão desfocados, ele fala e eu não compreendo. É uma língua nova; não há mais língua comum entre mim e ele. Como em câmera lenta, outro habitante da rua da babel selvagem surge em sombra, encosta algo afiado em minha cintura (sempre a faca) e arranca a mochila das minhas costas. Eles correm. Pinceladas escuras tarde adentro. Na calçada imunda, bato a cabeça, rodo tal dervixe inútil: nenhuma iluminação virá. Minha mochila continha apenas um pequeno caderno preto com anotações de uma história nascente. O que o louco levou?

Vazia

Bem que tento recuperar minhas perdas, vou atrás das sombras. Embaixo da sucuri de asfalto que rasga a cidade, milhares de pessoas dormem em camas de papelão. Crianças, cães, mulheres. Meu caderno jogado numa fogueira, a mochila trocada por uma pedra de crack.

Louca

Tremendo, subo para meu pequeno apartamento feito para um casal. Quero é ficar sozinha com meus fantasmas. Até ontem eu escrevia sobre a Poeta Desconhecida. Quem é essa mulher? E tudo se foi: o material da biografada e _____ esqueci. Os móveis da casa não fazem sentido. Olho abobada para a geladeira, um grande monstro de metal respirando motores. Sempre tive medo de ficar louca, perdida na névoa. Em meu corpo acontece uma estranha química que me faz ficar jogada em letargia no sofá, sem natureza, aos uivos mudos de quase morte.

Insônia

Na metrópole que habito, sombras encurralam a delicadeza para debaixo dos canos. Estrangeira na cidade que nunca dorme, piranhas saem pelas águas da torneira. Pessoas em seus apartamentos nunca tocaram os pés no chão. São Paulo é um cão Cérbero, guardião de milhões de cabeças que uivam. É o enterro da lua cheia, sempre escondida atrás dos edifícios. O roubo foi uma subtração tão pequena que nem o trânsito das 19 horas notou. Sou parte de um caco da calçada de pedras portuguesas. Nunca me afastei mais de trinta quilômetros do lugar onde nasci. Rodando sempre em volta do mesmo ponto, tomando conta de um osso enterrado, vidas que não estão mais ali.

Quem joga as cinzas no mar se esparge?

O que estou fazendo aqui?

Névoa

Perdida na neblina, passo dias, meses, um ano e outro sem sair de casa. Os cobertores sempre embolados aos meus pés, da cama para o sofá, do sofá para a cadeira na sala. Horas de descompasso, a substância venenosa do cortisol circula loucamente no sangue, ordenando ataque ao invisível. Durmo, durmo e já acordo na marcha para lugar nenhum.

Escitalopram, Frontal, zolpidem, sertralina, remédios acumulam-se na prateleira da cozinha, meu corpo é refém de *personal demons*, estilistas de mantos, treinados para serem acompanhantes da escuridão.

O psiquiatra aceita obras de arte como pagamento às suas consultas, mas não poemas. Sou uma cômoda com todas as gavetas abertas. Dentro delas, eu poderia escolher entre fotos antigas, calcinhas de cetim e revólveres. É difícil alinhar mente e sentimento na solidão da minha quitinete sem janelas.

Mas ainda existe um pequeno sol.

Ar

Há uma festa no apartamento vizinho. Pessoas dançam ao som de música pop. Uma cantora grita sobre ser um diamante no céu. A dança é selvagem, sinto o chão tremer. Saio para o corredor e, com a ponta da faca, cravo na porta do elevador a palavra *Vita*, meu nome. A primeira palavra que escrevo em dois anos. O primeiro passo para fora de casa.

Há o desejo de chegar a um porto distante. De achar alguma coisa linda. Sentir perfume.

É aí que pode surgir algo radicalmente novo. Mas eu não quero algo radicalmente novo.

Só uma pequena coragem.

Coragem, uma palavra feminina

Coragem, dita de heróis e titãs.
Enfrentar o inferno é comum às mulheres.
Como Perséfone abraça Hades,
como Perséfone abraça a brasa.

Coragem para:
acender uma vela,
ritualizar o chamado de cura,
abrir o leque do eu.

Ouço a longínqua voz do farol.
A mãe ensina a língua da navegação.
Desancorar, desamarrar e encarar o fundo do mar.

Há terror de estar em território desconhecido.
Qual o sentimento que mistura êxtase e pavor?
Olho para trás e pergunto: o que quer a criança?
A criança quer soltar a mão.

Canto de invocação à musa

O vento sopra as páginas em branco de um diário de bordo.
Querem ser escritas por uma mulher que não escreve mais.

Calíope, Calíope,
evoco-te no repentino silêncio que se forma na noite.
Digo teu nome.

Calíope, Calíope,
sinto tua presença,
que sopra as velas
de um barco rumo à mítica cidade de Cavala.

Afogo-me em um azul particular.

Cavala, Cavala,
galopo no som.
Cavala, Cavala,
deixo que teu ritmo me conduza
ao umbigo do mundo.

Calíope, Calíope,
dá-me olhos sensíveis
para acompanhar o movimento das ondas
e a dança sensual das heras.
Dá-me forças para enfrentar
os encontros que me confundem.

Calíope, Calíope,
não me deixes perdida,
rodando como uma astronauta no espaço.
Eu acredito em tua existência.
O movimento começou. O que vai acontecer agora?

Pergunte ao cavalo

Preparo minha viagem com o dinheiro que estava economizando para a morte.
O que está buscando? Do que está fugindo? Para onde está indo? me perguntam.
Eu não sei, pergunte ao cavalo. Ele sabe para onde me conduz.
En cavale: expressão francesa que significa escapar.

Oferenda
para a Poeta Desconhecida

Te levo em viagem
para que tu, silente e morta,
saia debaixo do peso da cobra.
Te entrego à oblíqua lua
para tua estreia.

Contarei de ti
para os amigos que fizer no caminho.
Te oferecerei chá da montanha
para tardes em abrigos nos picos
e *tsipouros* para noites de dança.

Te darei comida
com bastante azeite,
para que volte tua fome
em borbotões de alcaparras.
Colocarei flores perfumadas
entre teus cabelos.

Como Dédalo, te construo um labirinto,
como Ariadne, me teces com seu fio.

Digo de ti, Poeta Desconhecida,
que morre se não escreve.
Digo de mim, Vita,
que nunca dorme em alto-mar.

Travessia

Travessia é velar um corpo em febre,
equilibrar-se em sextantes.

Habitar uma cabine na solidão da água
é apertar-se em concha.

Estar no mar é estar em casa.
Lá longe as gaivotas gemem alto.

E vem a onda imensa que me leva.

SEGUNDA PARTE: PORTO--RESIDÊNCIA

Uma gota de Cavala

Tarde da noite, ancoro meu corpo na antiga e misteriosa Cavala. Tzimi me leva até a residência, ele cheira a estábulos, não é de muitas palavras. Não consigo arrancar nenhuma informação dele sobre a cidade.

Percorremos uma longa estrada de areia, em silêncio.

Criança-velha

Eu vinha de uma temporada em Atenas, dias inteiros explorando a Acrópole, caminhando entre estátuas mutiladas de mulheres de estonteante beleza, pelas ruas de Plaka e Monastiraki, nos bares de Anafiotika. Noites sem dormir, os gregos sabem fazer festas que nunca acabam. Eu participava com certa melancolia. Identifiquei-me com as ruínas; será que é tarde demais para vir à Grécia? Passo as tardes nas escadarias, ouvindo a estranha melodia da música *rebetiko* cantada por habitantes das ilhas. Pela primeira vez, compreendi o sentido da existência de violinos.

Em cada esquina, eu via Sócrates, rodeado de pessoas, dizendo como se fosse para mim: "Conhece-te a ti mesma. Escuta teu *daemon*". Pensadores, em festim filosófico, debatiam sobre o amor. Que entendo eu de amor?

Sentada na arquibancada de pedra do imenso anfiteatro de Herodes, imaginei os festivais de dramaturgia que celebravam a chegada da primavera. A plateia em lotação máxima consagrava ou derrotava os dramaturgos. Torci por Medeia, torci por Antígona, personagens consideradas loucas. Como seria uma peça escrita por uma mulher em 431 a.C.? Seguindo o caminho da retórica de Aristóteles, irei sempre pelo *páthos*, só na intuição. Lógica não há numa cidade em que se dança nas ruas.

Em uma das imensas colunas de mármore do templo de Poseidon, gravei com a ponta da chave meu nome, *Vita*. Para nunca mais esquecer que estive aqui.

Intoxicada pela presença das deusas em tudo, ouvi o que elas tinham a me dizer: soprariam a favor.

Já sinto o cheiro de mar como uma segunda pele.

Pelicanos

Nunca tinha visto pelicanos. Muito menos pelicanos na rua atravessando na faixa de pedestres. Carros esperam o pelicano passar rebolando. A ave pesada demora no asfalto.

Chego com muita fome. Tomada pelo cansaço, busco algumas tabernas. Um conhaque para aquecer. Cercada de uma grande timidez por não conseguir decifrar as expressões faciais dos gregos. Muito menos a língua. É difícil saber o que se passa dentro deles. De grego compreendo as dores: patologia, agorafobia, nostalgia (anseio de casa).

Mas vou mesmo com medo de raios. Não gostar de Zeus é negar o impulso.

Só

Não tenho quem me espere no porto na volta, nenhuma puta velha, nenhuma lareira acesa. Não tenho referências de ninguém.

No caderno que trago na bolsa, anoto: *é urgente a felicidade dentro do azul.*

Fos (lume)

A única luz acesa da rua é a de um mercadinho com caixas empilhadas do lado de fora. É para lá que vou.

Laikis

Não há uma pessoa dentro do mercado além do próprio dono, Laikis. Um homem parido das entranhas de um navio fantasma. Há nele algo tão antigo quanto a cidade. Como Cronos, quais filhos vomitaria do estômago do tempo? Os cabelos emaranhados como algas selvagens, os olhos verdes escuros. Parecia estar vivo por puro milagre. O espaço do mercadinho é minúsculo, arrumado dentro da lógica do proprietário. Temperos catalogados em pequenas caixas ocupam uma parede. Os gatos e pelicanos esperam alguma sobra do lado de fora. Na porta, miam e gritam, não sei qual a onomatopeia de um pelicano. Seu bico é um útero sem fundo.

Eu preciso beber algo, busco decifrar os rótulos das garrafas nas prateleiras. Peço para Laikis me ajudar, ele me oferece comida. É a primeira vez que experimento queijo feta com melancia, nunca tinha comido queijo feta. Laikis tira debaixo do balcão um bloco branco escorrendo água e, com uma faca imensa, parte uma fatia do tamanho de dois dedos. Reparo em seus dedos tortos como âncoras retorcidas de tanto agarrar chegadas. Ele pega uma melancia de dentro de uma geladeira de vitrine, entre garrafas de energético, cogumelos vencidos, verduras murchas. Abre um talho na fruta com a mesma faca. O arrepio de sentir a textura da melancia gelada e o salgado do queijo feta juntos se intensifica quando Laikis espreme sobre o prato gotas de um perfumado limão siciliano. Enquanto me delicio, ele me explica a diferença entre

o leite de cabras e o de ovelhas. Mergulho no espírito grego. Existe um encantamento com o nome Brasil. Ele sorri quando conto de onde eu venho. Mal sabe da São Paulo tétrica que deixei para trás.
Ele me pergunta o que faço por aqui.
Eu respondo: escrevo.
– Vai escrever histórias de terror?. Laikis ri, mas seus olhos estão sérios.
Eu só penso no terror que seria o mar grego deixar de ser lindo antes que eu mergulhe nele. É que tenho expectativa de mar como uma criança.
– Quais histórias de terror você teria para me contar?
Ele sai para embrulhar as compras com um gesto de desdém. Sento-me em um caixote de frutas e escrevo em uma folha do meu caderno. Arranco a página e deixo no meio de uma revista de esportes que Laikis abandonou no balcão. Como um folhetim vitoriano. Será que ele gostará desse *penny dreadful* climático?

Um centavo de terror
para Laikis

Eis o último homem sobre a face da Terra. Um homem triste que só tinha no bolso o dinheiro para uma passagem para a praia. Pega uma estrada escura, está de frente para o mar. Poderia nadar para o horizonte até desaparecer, poderia se esconder nos arbustos e viver como um gato. O mundo é desolação. Não houve uma história de superação de Gaia, que é o que todos esperam quando há uma grande perda. Todas as árvores tornaram-se cinzas. Aconteceu o afundamento. A borbulha para o fundo de um planeta. O homem olha para o mar e pensa em tudo que deixou de ser importante. Seu rosto derrotado por um soco de fim. Ele entra no mar escuro, cheio de algas tóxicas. No canto, perto das pedras, há peixes já acostumados com a sujeira, comem plástico. Suas nadadeiras são duras como o acrílico, os dentes cheios de tártaro. Os peixes o cercam e encostam os dentes em seu calcanhar. Ele está tão anestesiado em sua penúria que nem liga. Chora um pouco e volta a ser uma criança solitária. Ele acha que o tempo vai passar mais depressa se dormir. E dorme, dorme, dorme, dorme cem anos esperando ser salvo por uma mulher. Mas não há mais dessas mulheres no mundo. Mataram todas.

Choro por ele, choro por nós dois.

Quarto escuro

As luzes do mercadinho se apagam logo após a minha saída. A rua toda fica escura, bem escura. O escuro é a casa da escrita, gato em mudança que cheira o ar.
Em meu pequeno quarto, ouço o silêncio. O mar sussurra. Proas de barco batem umas contra as outras. Tenho a certeza da geografia de onde estou: em um porto. Penso em vampiros que chegam acomodados em seus caixões, na travessia para Londres. A poesia é melancólica e estranha. Apavorada, espalho um pouco dos temperos para *tzatziki* e *gyros* que comprei em Atenas nas soleiras das portas. Há um tanto de alho em pó misturado nas ervas; deve espantar os morcegos.
Deixo as janelas abertas para sentir o cheiro da cidade: alecrim, sálvia e maresia.
Deitada na cama, vejo a lua a flutuar, poema-brinco pendurado no lóbulo da noite.

   Um corpo celeste de mulher
   orbita cego na busca de eros.
   Estou diante da zebrura.
   A noite será branca
   e escura.

Sentimentos de Selene

Chove em Cavala.
Noite de lua cheia.
Olho para cima,
não há nuvens no céu.
De onde vem a água?
Só podem ser lágrimas de Selene,
a deusa da lua,
pensando em Apolo,
que nunca encontrará.

Em Cavala,
não há sol a pino.
O sol vai de ladinho,
derrapa até o poente.

No brilho oblíquo do satélite
prateado, negro, invisível,
está a poesia silente.

Diário de bordo: *1 de julho*

Primeira manhã em Cavala. Abro a janela, o mar derrama-se para dentro do quarto.

Encontros

Na mesa baixa com vista para o horizonte, arrumo livros; deixo na mala as fotos familiares. Estou cansada do passado. Abro um espaço grande para novas imagens que voam na moldura da janela. *Ferry boats* e gaivotas feitos da mesma impermanência enquanto o cetim líquido me envolve. Uma igreja no alto da montanha tudo vê e incensa a costura do azul que explode lá fora. Ouço vozes e passos no quarto ao lado; batem à porta. Uma estátua grega loira está diante de mim. É Pinelopi, a curadora da residência. Não me sinto artista suficiente para estar ali, mas sigo seu nariz mitológico que me aponta o que devo saber. Os lugares de trabalho no jardim, a cozinha comunal, a biblioteca, a galeria de arte no subsolo, com obras produzidas nas estadias de outros artistas. Apressada, Pinelopi me abandona na biblioteca ao perceber que nada mais do que dissesse poderia capturar minha atenção. Ler sempre foi a porta de saída. Vasculho os livros como se abrisse cartas de tarô. O mistério me conduz. Os volumes estão catalogados por história, arte, arquitetura, mitologia e uma pequena seção de poetas malditos, movimento dos que escreveram sob o signo da melancolia e da noite na alma. Separo dois. Um da poeta Safo e outro que chama minha atenção pela foto na contracapa. Uma mulher vestida de branco, com os braços cruzados, fixa seus olhos em mim e diz: *exista-me*. Há um desencanto em seu olhar de lago escuro. Traços de dor em seu rosto lembram a minha avó. E se ela sorrisse para a foto? Que rachadura inesperada sua boca causaria na cena? A árvore que escora seu corpo, a textura da pedra que a envolve, a sensação de fortaleza cairia mole aos seus pés envolvidos pelas sapatilhas brancas sobre a areia?

Deixo os livros no quarto e desço para o quintal. Encontro Christian na grande mesa debaixo das árvores, com seus papéis e tintas.

Christian, o homem-sol

O homem-sol olha para mim com seus olhos azuis, sua presença me traz o conforto de uma sobremesa. Do amanhecer ao poente, sei que ele busca os raios de luz, penso em um girassol careca. Ele pinta. Com um movimento do corpo, esquadro na mão, Christian espalha tinta sobre a superfície do papel. Produz fendas de cores, aproveitando os espaços da margem para deixar morrer o movimento.

O que fica é a linguagem do gesto.

Christian é um artista consagrado de Hamburg. Antes de começar uma nova pintura, ele me pergunta:

– Vita, quantas páginas você escreveu hoje?

Île flottante

As nuvens
chegam com o vento,
em formato adolescido.
Não chovem.

No céu
um meteorito
rasga a atmosfera
com pressa de se desintegrar
nas páginas do caderno.

Leques na azáfama
de uma tourada por dia.

A Poeta Desconhecida está aqui,
no som
da tinta sobre o papel.

O primeiro pingo
é uma *île flottante*
no azul,
na neve de uma folha em branco.

Do respingo solitário nascem outras ilhas,
splashes de estrelas cada vez mais próximas.

As palavras formadas pelos borrões são:
ouriço, água-viva, seixo.

Com o tempo a escrita vai crescer.O que eu escrevia quando criança?

As histórias de travessia
que minha avó contava
enquanto me deixava fazer tranças
em seus longos cabelos cor de violeta.

Ela veio do mar.

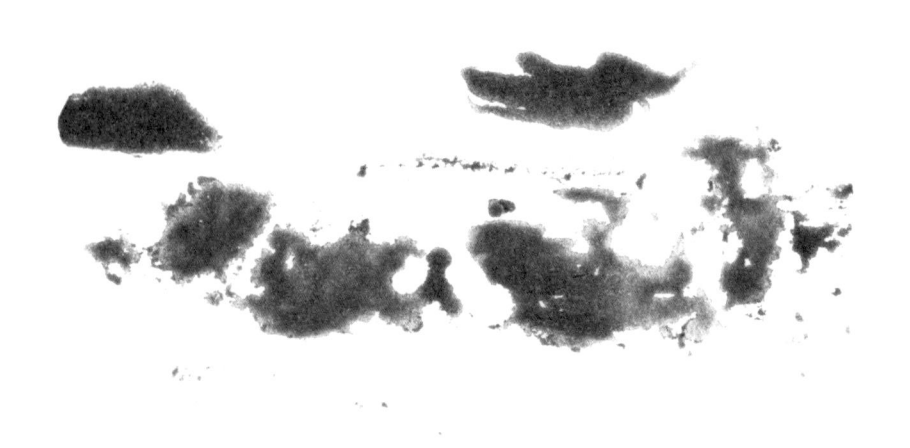

Experiência de mar

Ψάρια= peixe
No restaurante, tento decifrar a palavra que contém em seu símbolo um tridente e um peixe nadando – o alfa, o psi.
É preciso não ter medo da língua, o mistério está em mim.
Corro até o mar, não tenho tempo a perder.
Afinal é verão.

A praia de Kalamitsa

Ao entrar pela primeira vez no Egeu, o mar amniótico da civilização, sinto-me uma nereida íntima das águas em um corpo de bebê, como se desse à luz e fizesse crescer um novo eu a cada onda que passa. Talassoterapia é um tratamento para os nervos, o sal espanta os miasmas. Enxergo o fundo transparente como se me equilibrasse em uma lâmina de esmeralda. Começo entrando de costas para molhar a base da espinha e acordar a energia vital, a serpente que dorme. Boca fechada e olhos abertos, mergulho o corpo inteiro na cor inventada: o encontro do verde com o azul do céu. O mar entra em mim e me carrega no colo para o fundo, eu que nunca havia saído da beira.

Se há uma praia que foi criada para Afrodite, é assim o banho da deusa.

Deito na areia, o sol me aquece, durmo profundamente na cama de algas e pérolas.

Sussurro

E se, ao cair uma pena de gaivota no mar,
eu começasse a entender todas as línguas do mundo?

Entender o que conversam as duas meninas gregas à beira d'água.

Entender o que a família turca fala sem parar,
o que as ondas reclamam,
a linguagem das ilhas.

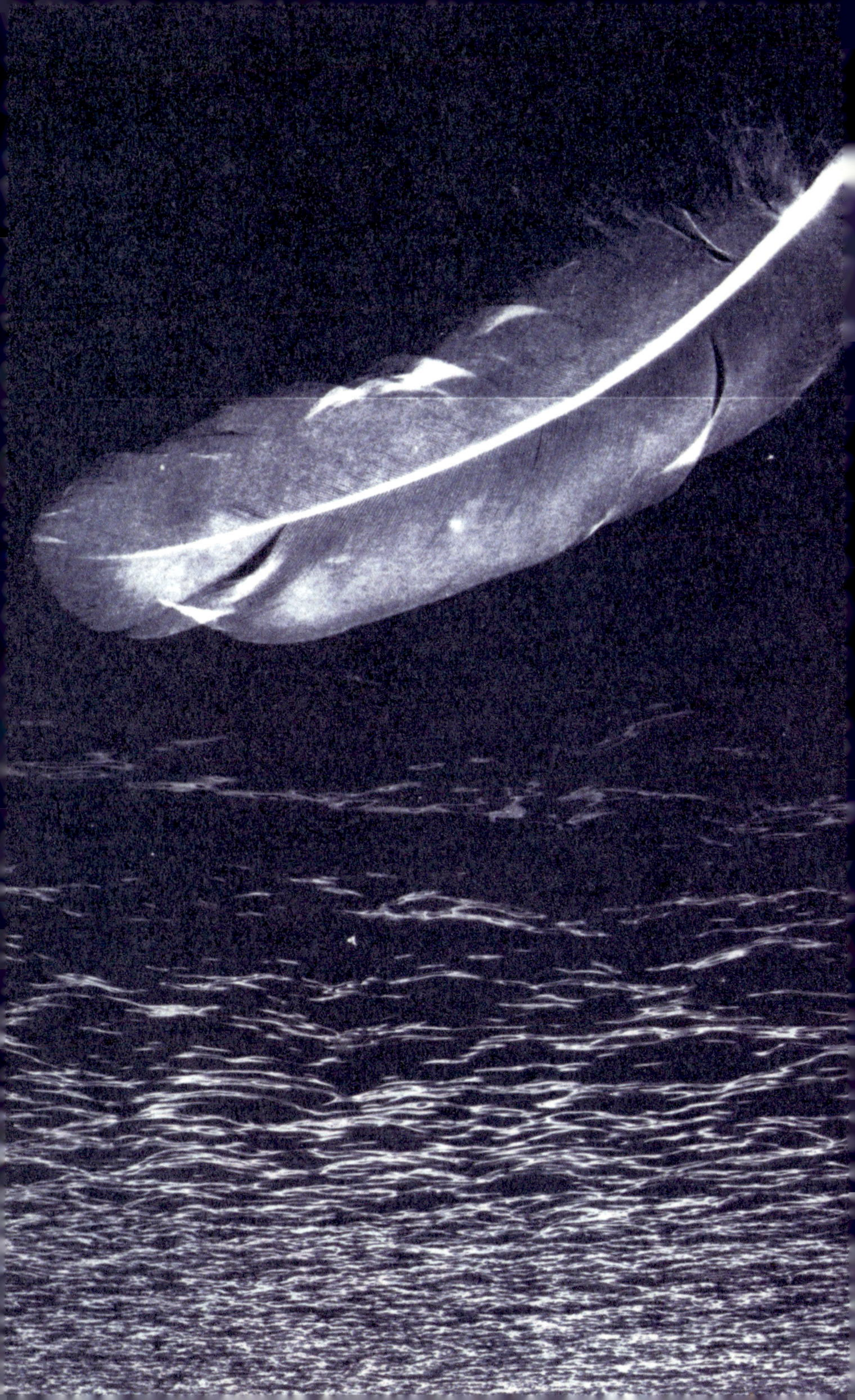

Nereu

Notas agudas entram no meu sonho sem narcóticos. Abro os olhos. Um *papou*, muito velho, gesticula "éla éla" sobre mim, apontando para o guarda-sol que tremula ao vento. Faz um gesto com o braço, um convite de uma onda bailarina para que eu ocupe a sombra ao seu lado. Enquanto ele fala sem parar, anoto tudo o que não compreendo. Sua voz tem som de órgão antigo no fundo de um submarino. É um cordão umbilical esticado no espaço. Ele é o pai do mar. O pai do mar é meu pai também. Sinto que a ele posso fazer a pergunta que me assombra:

– Como ser tão velha?

Ele não me conta nem do passado nem do futuro, apenas estica o queixo na direção das águas. O que vejo é a ilha. Um dia irei para lá.

Thassos

Em frente à praia
está a ilha de Thassos.

Ilha mítica,
silhueta enrugada de tartaruga
repousando nas águas salgadas.

Thassos, com seus enigmas de mármore.

A lagoa aberta nas pedras
por uma lágrima de Afrodite
reflete o olho mágico do céu.

A barca segue o futuro
nas linhas douradas da mão da deusa.

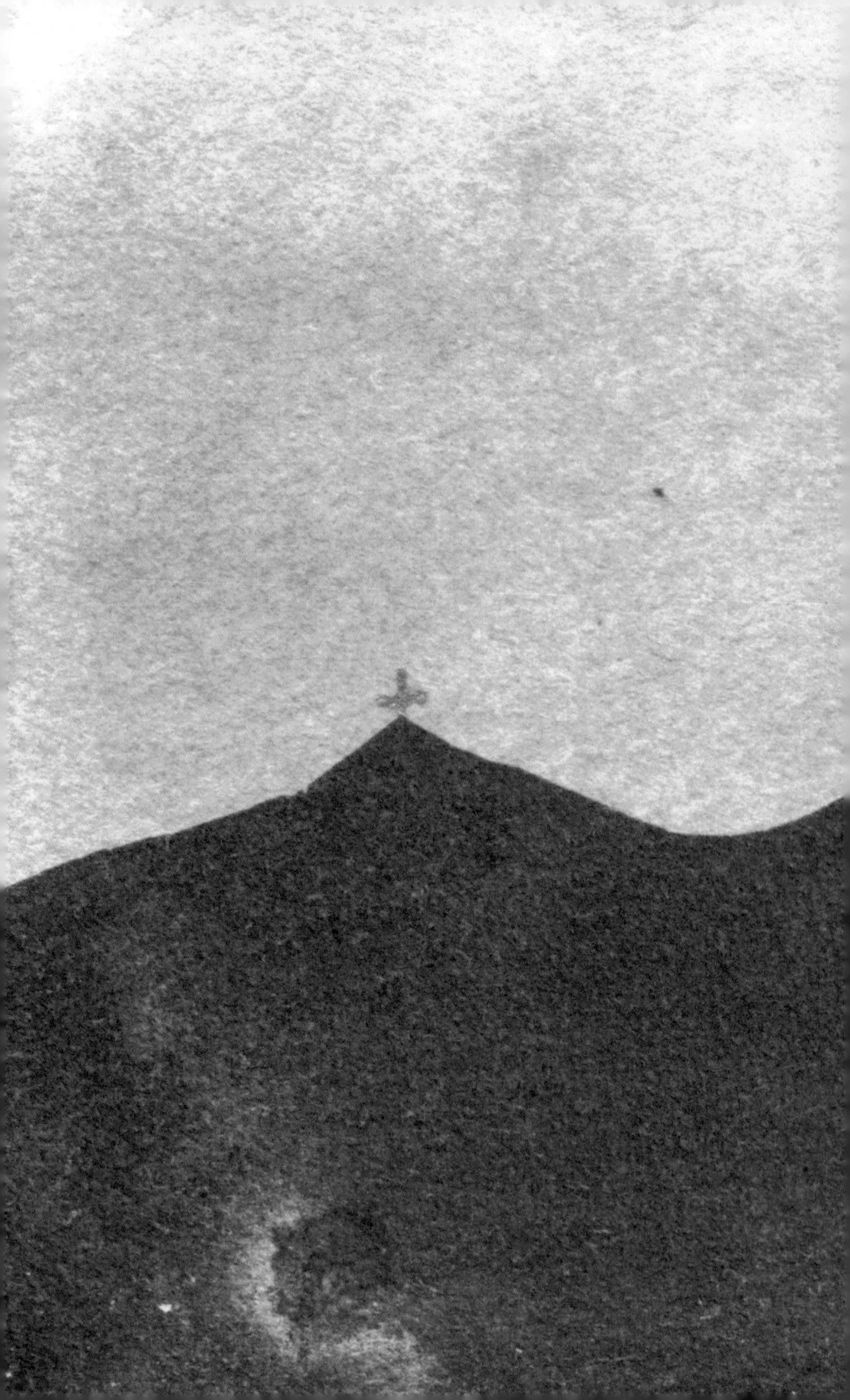

Marinha

À tarde, caminho a esmo pelas docas, deixo a paisagem do porto me atravessar. Dos poros escoam os grãos de areia do meu corpo ampulheta. Observo as embarcações: balsas, fragatas, pesqueiros, veleiros e navios. Sinto-me fazendo parte da cidade que flutua na ferrugem dos séculos. Subo ladeiras entre as casinhas da península admirando as construções antigas, a beleza das flores nas varandas.

É preciso perder-se. Passo por uma igrejinha de domos azuis e chego ao farol.

O farol

O farol equilibra-se nas escarpas voltadas para o Monte Athos, onde há um mosteiro sagrado; não se permite a entrada de mulheres. Embrenhar-se em livros santos também é proibido. Só resta acreditar, acreditar, acreditar chorando.

O feriado mais importante aqui é o Dia da Virgem Maria. O farol, mesmo apagado, ilumina. Bate asas de cera sobre mim, Ícaro. Rumo ao sol, a hora certa de voar é agora. No poente.

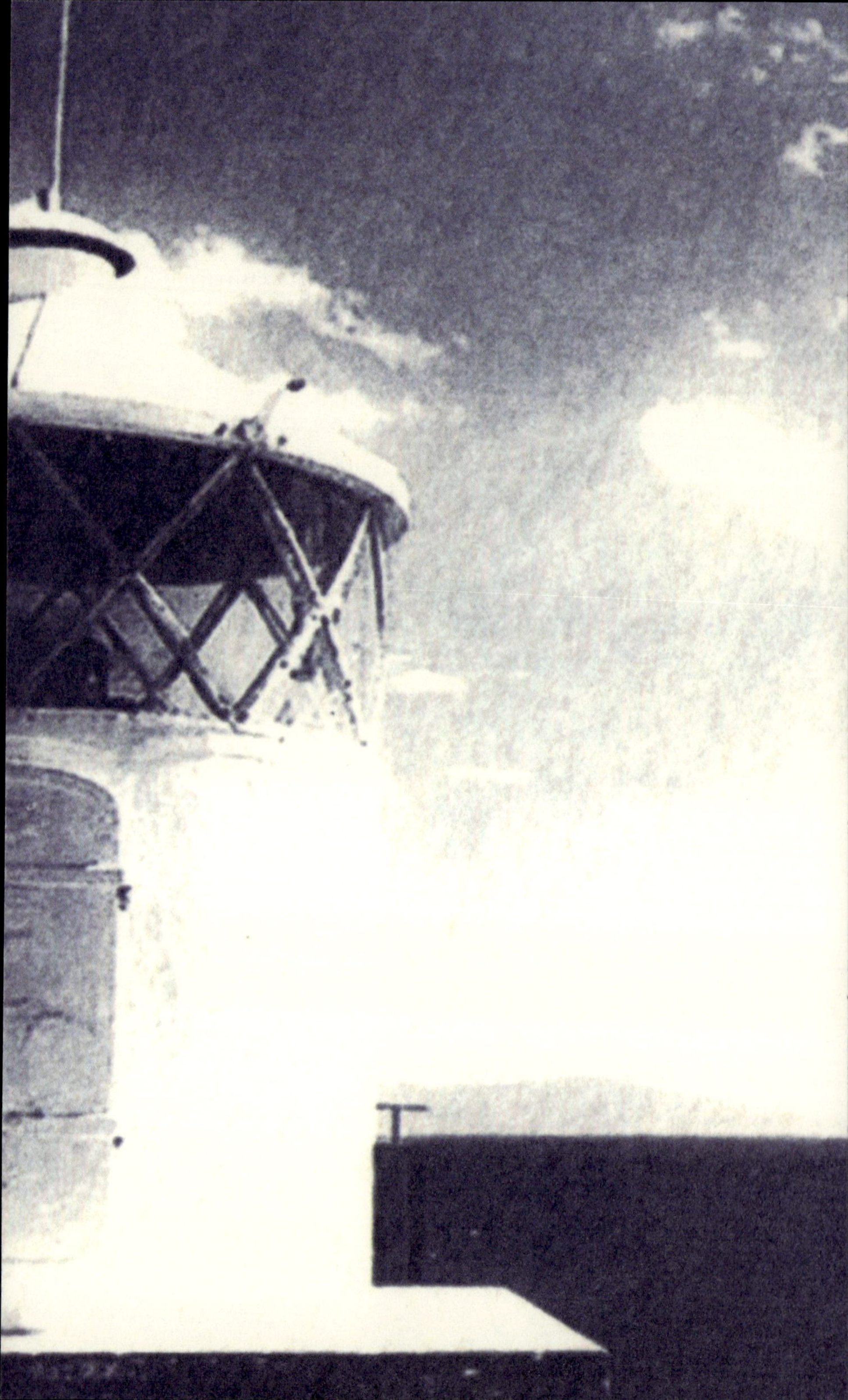

Criança, peixe fora d'água

O oceano diante de mim diz: *beba-me!*
Cocktail salgado servido na concha das memórias mínimas. Vi a criança sentada na pedra, com os pés nas águas transparentes ao lado do pai, que a ensinava a pescar. O desejo era trazer imensos robalos à superfície. O pai olhava o mar com olhos verdes derramados. Aqueles que pescam lado a lado desenvolvem uma linguagem profunda de cumplicidade. O baiacu puxado da água vinha sacudindo-se na ponta da vara, a barriga branca inchada de fel, não servia para comer. Meu pai o jogava de volta ao mar. O que aconteceria se eu comesse o baiacu? Algum segredo do mar seria revelado pelo veneno? Com a boca rasgada, o baiacu não poderia contar do rosto da criança que viu.

Atenta ao enigma, tomo cuidado para não escorregar no limo das pedras e ter um triste fim como o poeta Homero, caído no penhasco.

A busca

Pesco a palavra retida
na ponta da língua: *neró* – água.

A bússola escapou das mãos
de todos que desapareceram
no mar.

A água lava tempos,
entra pelas janelas
de quartos em silêncio.

A criança vaga pela casa,
as cortinas balançam, não há ninguém.
Hoje, não troquei nenhuma palavra.

A sombra sobre o mar

Uma sombra, acima de mim, alonga-se. Sinto um tremor vindo dela.

Uma mulher vestida de negro, com um pesado véu de lã sobre os cabelos, está em pé, na beira do penhasco, como um risco. Reconheço o rosto de algum lugar de que não lembro. Alguém amado morreu e não foi enterrado. Os cemitérios estão lotados. Aqui, jazigos são alugados; passados três anos, têm que ser esvaziados para dar lugar a novos corpos que chegam. Não existem crematórios na Grécia. Há uma Antígona obcecada em honrar um morto. Agarrada a um jarro fúnebre, a mulher despeja cinzas clandestinas sobre o mar. Ficamos em silêncio, em cúmplices exéquias. Os restos mortais tomam seu caminho de volta ao berço das águas, calcinando-se em concha que uma criança apanhará na praia.

Anoiteceu, a lâmpada do farol acendeu num *click*, luz estroboscópica na busca de perigos. Desço para a cidade que pisca lá embaixo.

Carrego um corpo antigo que vibra a surpresa da noite.

Nereidas

Lá embaixo,
na cidade que pisca,
nereidas de cabelos dourados
não têm o livro,
mas têm o canto
para fundar uma igreja,
seja no mar,
seja no bar.

A *nightlife* de Cavala

À noite, as pessoas saem para passear; ficaram escondidas do calor a tarde inteira. Luzes amarelas das casinhas começam a se acender, tremulando delicadas, como se todas as noites fossem noites de casamento.

Em Cavala, tudo é convite. Pequenas tavernas com mesas na calçada, cafés charmosos, e eu me perco na madrugada provando delícias. *Yamas*, um brinde, *yasus*, à minha, à nossa felicidade. Mesas cheias de frutos do mar, os tentáculos nas bocas gulosas dos turistas.

How are you feeling? É uma pergunta comum desde que aqui cheguei. Difícil traduzir: sinto-me *em ebulição*? Estou só, e ninguém pergunta o motivo, é normal por aqui. Um arrepio passa pela minha nuca, se não sou eu que escrevo minha vida, quem sopra a trajetória?

Polvo em mata-borrão

Na bêbada celebração
que mata polvos gregos,
não há camuflagem possível.
A língua é uma ventosa,
tinta escura que escreve, em veneno, a poesia.

Delfos

Entrei em um bar de nome Delfos, ônfalos, o umbigo do mundo, local de adivinhação. Um pequeno espaço de esquina iluminado por uma luz vermelha, vinis de trilhas sonoras de antigos filmes gregos. Há uma orquestra da babel notívaga bebendo *palomas* na calçada. Sentei no canto do balcão, de onde eu podia ver tudo. Peço para a *bartender*, com uma píton tatuada no braço, νερό. Água. A bebida clara chega em uma taça de cristal, bebo num gole só. Engasgo com o fogo na garganta, não é água, é um *spirit* forte. *Opa!* Bem-vinda, loucura.

– É assim que barcos beijam as pedras, quando se distraem com o canto das sereias, diz a profética *bartender* lavando copos.

Entre mais uma taça e a escrita, renuncio à noite grega para voltar à solidão do meu quarto. O silêncio não combina com o bar e eu não encontraria respostas dentro do oráculo do copo.

Enigma

Sou inspirada pela cidade mutante. Tudo pode acontecer, em todas as dimensões.

Uma velha sai de um Fusca verde-água que acaba de estacionar. Está com um vestido preto até os pés, camuflada na noite de lua vazia. Paraliso diante da mítica figura; reconheço a mulher que jogou as cinzas no mar. É a poeta da capa do livro, Maria Polydouri. Seus gestos são joviais; sai rapidamente do carro e entra na loja de conveniência ao lado do Delfos. Nos pés, sapatilhas brancas como as freiras da minha escola que dançavam balé de hábito, no pátio, na tarde quente de dezembro.

No reflexo do espelho do bar, vejo o espanto em meu rosto: o bordado da memória é involuntário. E voluntarioso. Tessitura da escrita enquanto a vida acontece. Passado, presente e futuro de mulheres no trânsito do tempo.

Tapete bordado em fases da lua

A mulher do agora
está plantada no mar.

A viúva de sapatilhas brancas venta.

A criança, pássaro em devaneio.

Prazer reverso

No caminho de casa, um percurso de mais de quatro quilômetros pela orla recortada, escrevo com o corpo, quilha que rompe a noite sem deixar rastro, na pressa de não perder a memória. Mas, ao mesmo tempo, adio o encontro, em um prazer secreto. Se o vento soprar, eu desvio.

A desgraça do marinheiro é estar em terra firme. O que se pode fazer diante do mar? Sem navegação, não há escrita; sem solidão, também não.

Anoto: *tenho que morrer menos.*

Muha

Subo o morro que divide as praias de Kalamitsa e Rapsani, território da gangue dos gatos ferais. São mais de cinquenta deles vivendo nas encostas rochosas. São eles que contam a história de Cavala, já testemunharam os fenícios, bizantinos e otomanos.

Um deles avança, Muha é seu nome. Um hieróglifo saído de um vaso. Estou diante de um passado muito distante, tenho medo. Muha está com as garras em riste. Quer contar que vivia nos jardins do The Imaret, o imponente palácio do imperador egípcio, que se ergue sobre o porto. Mas o perfume doce das rosas envenenou seu sangue. Talvez eu tenha bebido uma poção no Delfos que me faz decifrar a língua dos gatos. Ele me diz:

– Para que sair diariamente? Não há nada além do que não há.

Tento fazer um carinho, ele morde minha mão. Saio correndo.

Não há sinal de chuva.

Anjo feral

Cai em pé o gato,
testa mais uma vida.

Na cavidade amarela da órbita,
o *tapete lucidum*
reflete a luz.

Anjo feral,
a selvageria do poema
busca morder
o silêncio.

O devoto da arte

Chego em casa e encontro Christian, que pinta na penumbra, experimentando técnicas de tinta a óleo e respirando terebentina. Ele me olha, meio louco. Tem cicatrizes no corpo todo, não pergunto como aconteceram. Em um canto do estúdio, encontro um violão desafinado; vem uma valsinha de um tempo muito distante:

Serenô, eu caio, eu caio,
serenô, deixa cair,
serenô da madrugada
não deixou meu bem dormir.

Quem me dera ai ai ai,
eu tivesse ai ai ai,
o farol dos seus olhos azuis.

Tudo se acalma quando uma voz cantarola no escuro.
É madrugada.
Nunca se sabe quem vai chegar.
Algo germina.

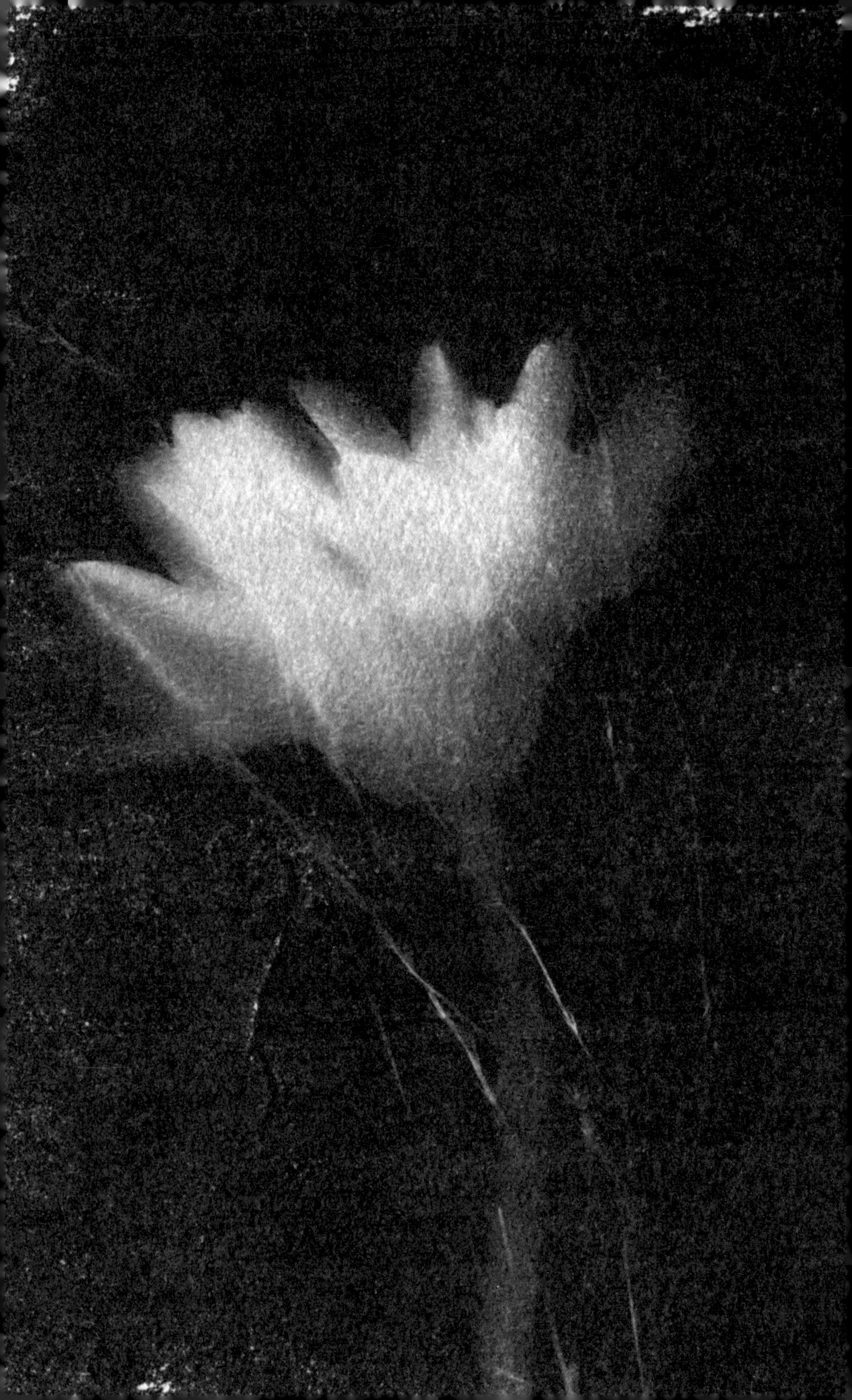

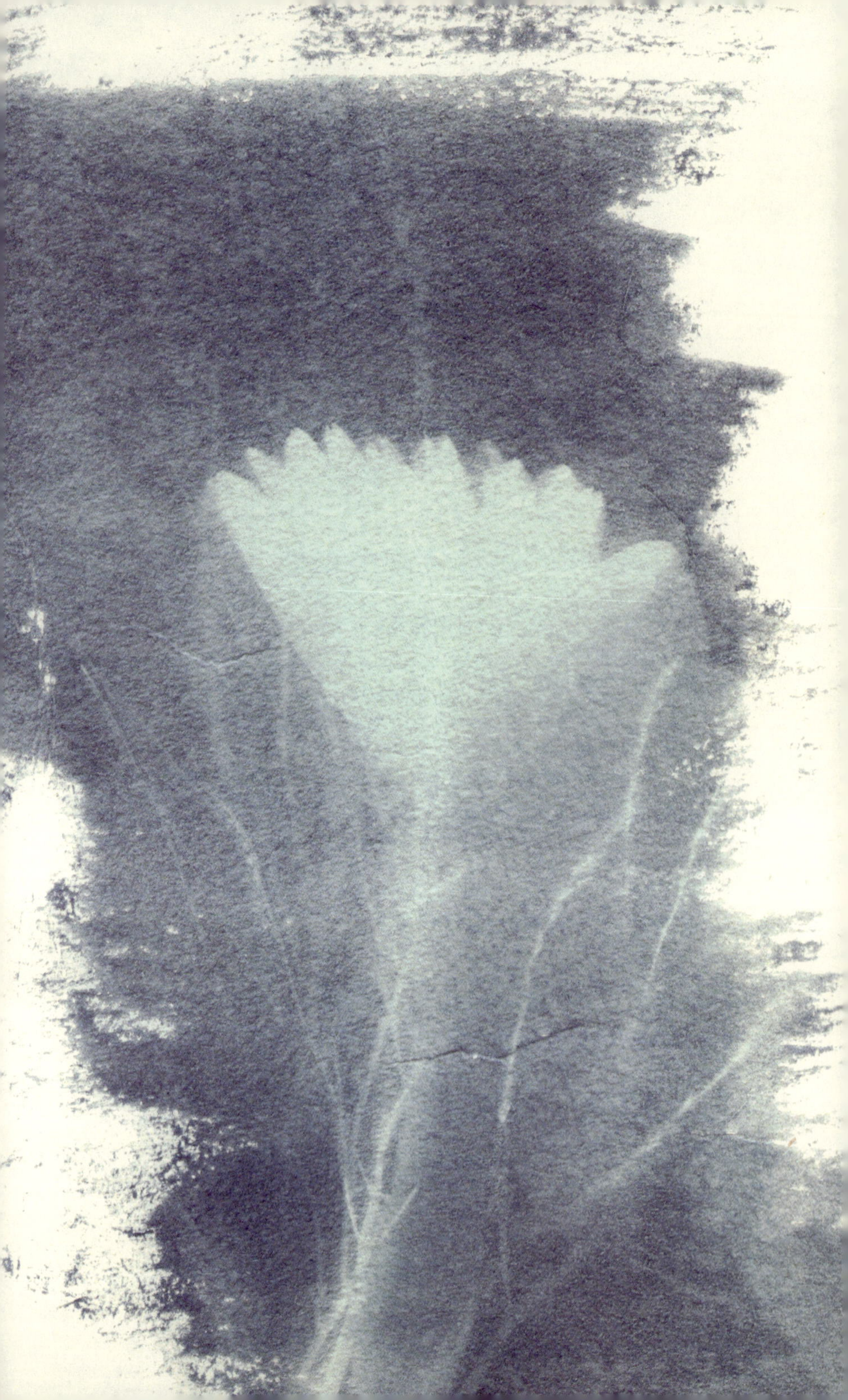

Flores fantasmas

Colho
flores fantasmas
para a poeta morta aos vinte e sete anos.

No quintal,
as rosas
amanheceram azuis.

Poetas noturnas saem das sombras

Vou para o meu quarto, acendo uma vela, abro o livro de Maria Polydouri, a poeta de Kalamata. O prefácio é um *spoiler*. A vida de Maria é irresistível ao editor; para ele, os poemas dela só existem porque houve uma paixão pelo também escritor Kostas Kariotakis. As cinzas que ela espargiu no mar eram os restos mortais do amado desalentado e suicida, que não cansava de deixar estranhos bilhetes de despedida:

Aconselho a todos que sabem nadar a nunca tentarem suicídio no mar. Sem saber como, a boca sobe à superfície. Algum dia escreverei as impressões de um homem afogado.

Agora estamos na encruzilhada misteriosa de nosso amor pela poesia e pelas paixões por homens esquisitos. Compreendo a atração que Maria sentiu por Kostas. O humor irônico, a sensualidade do flerte com a morte. O único beijo trocado entre eles disparou um desejo louco nela, Maria escreveu:

Eu canto apenas porque você me amou,
porque você me segurou em seus braços.
E uma noite você beijou minha boca.
Eu nasci porque você me admirou enquanto eu caminhava.

Obcecada pela ideia de viver para sempre com ele, Maria propôs casamento, Kostas disse não. Tinha sífilis, pegou de uma prostituta em Atenas que enigmaticamente riu enquanto o beijava, nua. O abismo fechou as cortinas sobre eles. Ó balada da loucura. Tenho um pouco de medo do que leio nos poemas de Maria Polydouri. Espero ter insônia para que sua sombra gelada não torne meu quarto, cripta.

Mergulho na poeta trágica. Ela me faz lembrar dos amores mais tristes.

Nem aqui...

Nem aqui na estranheza onde a onda da miséria me jogou,
encontrei a tranquilidade de enterro do naufrágio.
Minhas vísceras horrorizadas pela sede negra,
minha voz apagada por um grito de dor,
mesmo assim eu serei do sonho, uma ridícula vítima.
Enquanto seus dois olhos brilhavam sobre mim, rasgando o abismo negro,
encontrei sem querer o caminho para seus lábios...

Maria Polydouri, 1925

Em Paris

*Perto de você
tudo é carícia
tudo é fofo.
Perto de você
a tristeza floresce
como uma flor
e em um sopro
passa insuspeita para a vida.*

Maria Polydouri, 1926

 Maria Polydouri foge da rejeição e vai para Paris trabalhar como costureira. No deserto da cidade-luz, veste-se de negro da cabeça aos pés. Em Kalamata, só usava vestidos brancos. Não há mais poesia, só a furtiva sombra de Kostas, embaixo das pontes. Passava as tardes nas alamedas do cemitério de Montparnasse, demorando-se nas tumbas dos poetas malditos e pensando na vida selvagem do amor dentro de um barco ébrio. Não demora muito, e a tuberculose a carrega de volta para um sanatório em Atenas.
 No escuro do quarto, as sombras criadas pela chama da vela, projetadas na parede, gigantes como bactérias que não têm cura, provocam uma estranha dança em mim. Cada poema de Maria é um gesto de despedida, o último trago de uma festa.

O amor grego tem muitas faces; acaricio o volume de Safo, que me parece mais macio. Um travesseiro onde posso repousar nas suaves plumas de um ganso, ouvir o sussurro e dormir no seio da amiga mais gentil.

Sombras

A escuridão envolver-me-á e, à medida que
me envolvo em sombras profundas,
acreditarei de novo que sou algo
deste mundo.
A noite aprofundar-se-á em terror
quando o vento chegar de repente.
O eucalipto sacudirá as suas tranças
junto com os segredos dos sonhos.

Maria Polydouri, 1927

Baile de sombras

Maria, aproximo-me devagar
do mistério
do seu corpo estendido
na cama do hospital.

Carrego uma vela
pelos corredores escuros,
fico ao seu lado,
ouço você me ditar
o uivo do vento.
Até chegar a morte que ninguém vê.

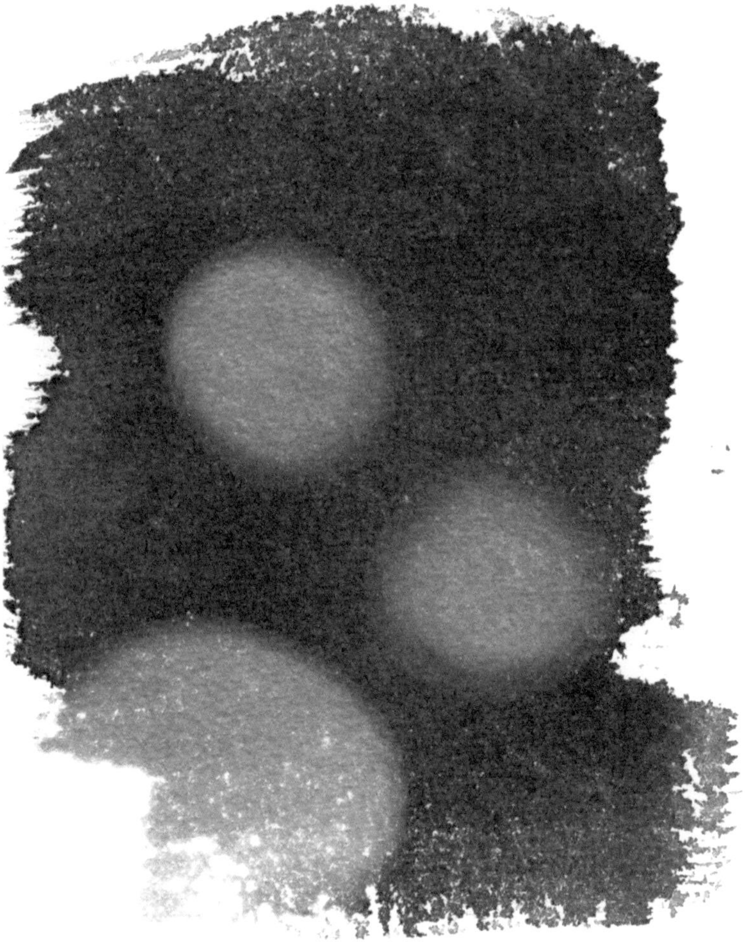

Diário de bordo: *2 de julho*

Aparição de um fenômeno marítimo raro: uma fenda na água.

Thanasis

Parece que se passaram anos, mas é meu segundo dia em Cavala. É uma nova manhã após uma longa madrugada, abro outra vez as cortinas.

É muito importante estabelecer uma rotina para manter a saúde e o bem-estar mental. Thanasis, nome que significa vida eterna, é o atendente da cafeteria que fica ao lado da residência. Os gregos adoram ficar em torno de uma mesa conversando, nunca dizem até amanhã. Fumam charutos, tomam café, *ouzo* e falam e falam. O esporte favorito do grego é conversar. Thanasis, apelido Thanis, tem um sorriso tímido e olhos brilhantes. Todo dia é *kalimera*, bom-dia, *kalispera*, boa-tarde, puxando o tradutor do celular numa furiosa tentativa de comunicação. Seu uniforme é impecável; a gola da camisa, perfeitamente abotoada. Sua máquina de café, um quartel. O quartel mais solitário do mundo.

Quero experimentar todos os sabores só para ver como ele faz tudo com capricho: café batido com gelo, *frappé*, *dipplo sketo*. Peço café grego preparado no *briki*. Ao terminar, viro a xícara no pires, como é de costume aqui. O pó escorre na porcelana e revela um desenho, sou uma vidente de araque, digo a Thanis que uma carta vai chegar, uma carta que jamais escreverei.

Flux

A conversa é balbucio.

Tropeços em palavras erradas;
linguagem em rasgos de rocha.

Post-its de pedra,
cacos de cerâmica,
poemas rabiscados por Safo.

Duas crianças na gangorra desencontrada dos mundos.
Dois rios que desaguam em mares vesgos.

Fenda

Vou com meu caderno escrever na orla da praia, nas mesas e bancos que ficam sempre vazios. Ausência de piquenique. O vento hoje está a favor de pensamentos alegres. As gaivotas, pássaros de Afrodite, fofoqueiam na areia para levar novidades ao Olimpo. Percebo um homem correndo. Faz parte da paisagem, o sol oblíquo ilumina seus olhos. Um homem com ar de Rio de Janeiro. Ele poderia apenas riscar o fim da tarde com sua beleza, mas não. Para na minha frente e diz:

– Deixa eu te explicar como é que se assiste ao pôr do sol aqui.

– Homem, eu nem lhe conheço, e você já quer explicar o mundo para mim?

O que vê este homem? Uma mulher com os cabelos ao vento, sozinha, em disponibilidade para o eco de suas palavras.

O que vê esta mulher? Um homem olhando por um buraco de fechadura, devassando um momento muito íntimo, o da escrita.

Ele estende a mão e me coloca frente a frente com o Flagrante. O homem esportista da orla olha a mulher, que olha a mulher que escreve. Vulto nas camadas de tempo e água. Fenda que se abre no mar e deixa entrar a luz. Rasgo crepuscular.

Eu poderia ser tantas e, no entanto, sou uma com a cara dentro do abismo.

Ísola

O que vê esta mulher em abismo?

Uma outra mulher, debruçada sobre um caderno à beira-mar, escrevendo poemas. A Poeta Desconhecida. Ela revela seu nome: Ísola. Em grego, *sálos*: movimento do mar, onda, corrente. Mar profundo. Terra insular.

Ísola, minha companheira de viagem.

A origem

No espelho mitológico está a reprodução de tantas, infinitamente, até chegar à primeira mulher de todas: Pandora.

Pandora, mulher-partida, a primeira que pisou na Terra.

A Mulher

Foi na fresta
de um terremoto silencioso
que foi parida A Mulher
de nenhuma mãe.

Boneca pornô criada para o desfrute.

Boneca de plástico
com a boca sempre aberta
para o grito que nunca vem.

Alimentou esta boca
com todas as sombras humanas.
Da caixa aberta,
até a esperança fugiu.

Teve que viver na corda bamba entre abismos.
Equilibrista em sapatos de cristal,
cuida da vida de porcelana
furiosamente quebrada
como pratos em um restaurante grego.

Com os cacos aos pés,
enfia linha de seda e borda nos estilhaços duros,
um tapete de arame que nunca desmanchará.

O corpo da mulher é um campo de batalha.
O cabo de guerra
entre o desejo
e a nuvem no claustro.

A Mulher repete o mantra: estou viva, estou viva.

Quem é Ísola?

Ísola vive no desfiladeiro das pedras, mulher de cabelos longuíssimos, com caramujos enrolados nos pés de ave. Ísola existe muito antes de Pandora e de qualquer forma de ser humano. Reverencio a sua presença mágica com a palavra *gódi*. Digo a misteriosa palavra, a primeira palavra que eu disse no berço e repeti *gódi, gódi, gódi* olhando para meus dedinhos de bebê. É assim que ela aparece.

Pergunto: Por que você prefere viver escondida?

Querida Vita,

Fui uma criança muda. Fui obrigada a falar. Foi-me tirada a Pedra de Roseta, o papiro, a pena de faisão mergulhada em tinta azul. Seria muda se pudesse enviar cartas eternamente. Cartas, bilhetes carregados por gaivotas, lacrados por selos de cera vermelha. Levaram-me a médicos, desde então já tinha cabelos de fundo de rio, que cresciam mesmo cortados todas as noites. Não encontraram defeitos nas minhas cordas vocais, nem de aprendizagem. Já sabia escrever ao nascer. Por que não falas?, murmuravam. Precisas falar, aprender a língua escura das respostas. Davam-me tapas nas costas para me livrar de uma possível espinha de peixe atravessada na garganta. Minha fala é outra. Converso com poetas que já morreram.

Sei de lagartos e sou amiga do deserto. Escondo-me em ti, sou o teu silêncio.

Sempre tua *daemon*,
Ísola

P.S. Te entrego o seguinte verso:

    O rio que transporta as almas ao Hades
    não é negro nem sulfuroso.
    É calmo e verde,
    entra na boca do inferno
    como língua transparente.
    Passa por nós o rio.

Abismada

Atordoada pelo encontro com o mistério na figura de Ísola, fico em transe, a caneta parada na mão. Não consigo responder ao homem que permanece em pé na minha frente. Já que eu não digo nada, ele me chama de puta e continua sua corrida.

Quantas vezes tentei silenciar os pequenos gritos? Criança-encerrada, nem nos dias mais escuros me senti abandonada por Ísola.

Antes que eu me abisme, corro para o mar. Sim, existe o mar, nada mais importa. Ele me carrega até a branca pedra de mármore do outro lado da orla, subo nela e grito bem alto: ÍSOLA!

Diário de bordo: *3 de julho*

Latitude: dos cavalos. Zonas atmosféricas de alta pressão, estado de navegação: imóvel. Os marinheiros são forçados, devido às calmarias, a lançar ao mar os seus carregamentos de cavalos, a fim de pouparem água potável.

Triângulo da poesia

Eu queria me livrar logo do fardo para aproveitar o verão grego, mas as Três Mulheres apareceram. As Três, completamente imóveis, de costas, olham o mar por pequenas janelas, emolduradas por cortinas que voam.

Elas enxergam além das ondas, a longínqua morada.

Pomo de ouro

Fantasmas de carpideiras
choram
a perda da poesia.

Maria Polydouri, em Kalamata,
traída por seu amor,
não escreve mais.

Safo, em Eresvos
tem toda sua obra estilhaçada
por um grande terremoto.
Sobraram fragmentos escritos em cacos de cerâmica.

Ísola, em Cavala,
pede escuta.

Elas me requisitam a maçã dourada.
Sou eu que vou em sacrifício descobrir a árvore.

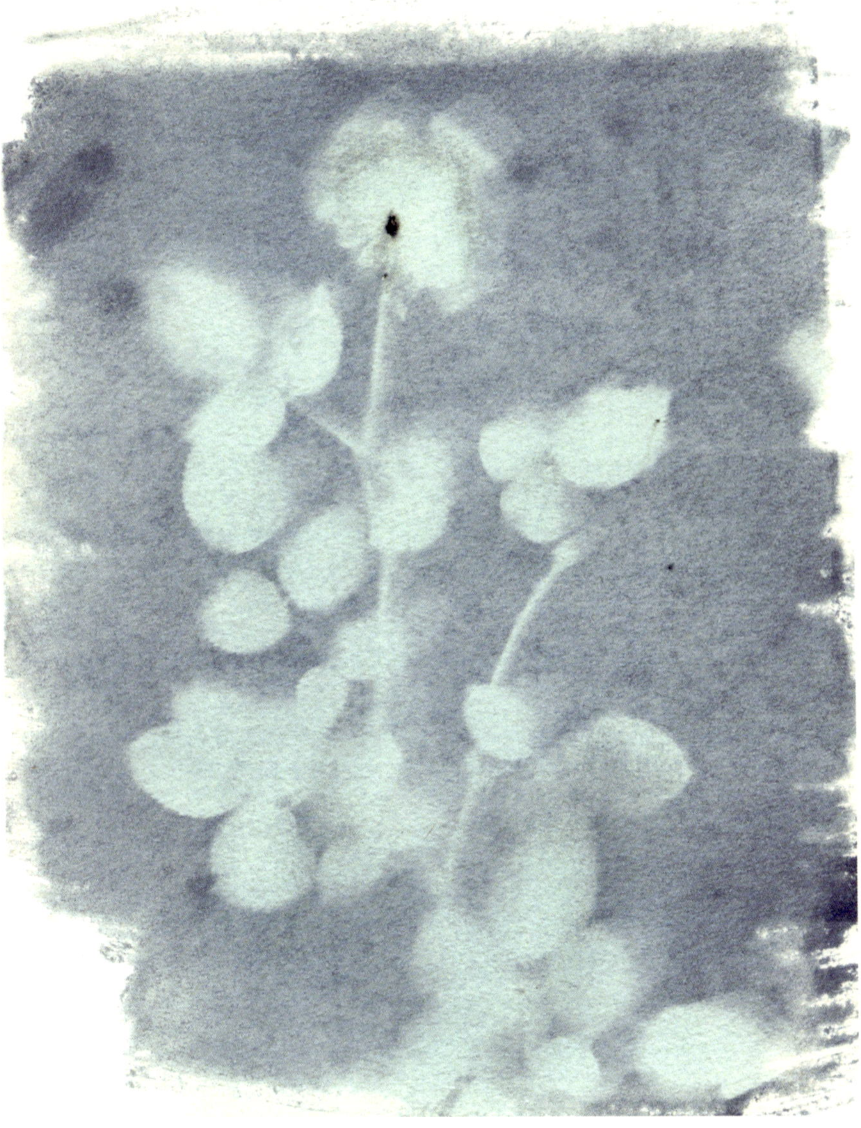

Iniciação

As pessoas de bem vão espontaneamente às festas dos bons.
(Provérbio grego)

As poetas entram pela janela com vestidos brancos; estão aqui no meu quarto. Elas atenderam ao convite silencioso de Ísola. Safo sopra a concha furada em sons maremolentes, toca a lira e a gaita feita do estômago de cabra. Não há como estancar o canto. Maria, de sapatilhas brancas, serve-se de *Metaxa* e toma a bebida em pequenos goles, como se bebesse gotas de orvalho. A foto da capa do livro que está na mesa olha para ela; ela olha para a foto. O ponto de atenção da fotografia é um pequeno berloque de relógio que a poeta traz no pescoço, para sempre parado na hora de sua morte.

Nos sentamos nas cadeiras da varanda, olhando curiosas uma para a outra. Maria levanta o copo:

– Um brinde às poetas inglórias!

A reunião é festiva. Eu só poderia fazer uma pergunta, A Pergunta:

– O que é amar?

– Primeiro, diz Safo, é preciso ser a sobrevivente de um dilúvio. Jogar os ossos da mãe para trás, recomeçar, para a flor noturna germinar, durar e não morrer ao nascer do dia. Depois há uma iniciação. Erguer altares para Afrodite e ritualizar o olhar para colocar a presença de Eros em tudo: nas palavras, na música, na natureza, na pele das meninas, nos olhos amendoados de um barqueiro.

O cheiro das rosas da ilha de Lesvos invade o quarto. Foi como se eu me transportasse para as tardes debaixo das oliveiras, participando da fundação da egrégora poética em que estamos hoje.

— Amar é rasgar o peito, diz Maria Polydouri. Rasgue e deixe que a Terra te ampare.

Estarei pronta para o pacto com as poetas gregas? Serei ponte e escreverei todos os dias no dialeto do vento? Solto a mão e deixo que as águas me carreguem para o silêncio depois da festa. Solidão essencial.

Caramujos estão aos meus pés; piso em uma fina e lenta gosma.

Fundante

Viajar é chegar
ao encontro marcado
da papoula com o mar.

Noite com Thanis

Thanis me convida para uma cerveja depois que fechar a cafeteria, às onze da noite. Ele parece solitário, e eu preciso sair da fantasmagoria. No mercadinho de Laikis, compramos algumas garrafas de Mythos (não é cerveja, mas néctar engarrafado) e vamos para uma praça pichada em frente ao mar, onde grupos de adolescentes ensaiam passos de *moonwalk*. Casais empurram carrinhos de bebê, gatos e gaivotas comem restos de salgadinhos. Até os nefastos farelos de Cheetos me parecem ternos, a noite é quente.

Sentamos em uma mureta, bebericando. Thanis me conta que terminou seus estudos como encanador térmico e acabou de sair do exército. Uma criança armada com rifle garantido e testado em campo. Mora em um apartamento na parte nova de Cavala, construída para os refugiados que vieram do mar, com os pais e dois irmãos que têm nomes de príncipes de Troia. Ele me ensina a falar a palavra amor: *agápi*. Fogo: *fotiá*. *Parakaló*: obrigada, de nada, olá, adeus, uma palavra só para tantos significados.

Uma batida grave entra no ritmo da conversa. Tem uma festa na praia.

Rave

Há uma *rave* debaixo d'água.
Sons de potentes *woofers*
propagam ondas gigantes.

São os deuses declamando
o destino dos humanos
pelo alto-falante de uma *DJ*.

Evi

O som que Evi toca é um sonar vindo de um submarino, um periscópio à procura de corpos dançantes. Uma música abstrata não parece ser feita para uma festa na praia. Ao lado dela, uma figura saída de um filme imaginário de Pier Paolo Pasolini apresenta-se como Earth Quake. Ornamentada com adereços dourados, sussurra palavras em um microfone:

> *Há um crime cometido contra pessoas como nós,*
> *atiradas em um trilho de trem.*
> *Chega de cafetão,*
> *não somos de plástico.*
> *Cadeados nas portas e não no coração.*
> *Adeus para sempre e até nunca mais.*

Enquanto isso, corpos movem-se ao som introspectivo de espelhos quebrados, sinais de telefone e ecos de satélite. Danço lentamente no ritmo da chama bruxuleante, com as mãos quase no céu. Depois, fico sozinha sentada ao lado da fogueira, enterrando os pés na areia fria, em estado de espírito pré-socrático: *fotiá*, o fogo, é o começo do mundo.

Reparo na tatuagem de Earth Quake, πάντα ῥεῖ, tudo flui. Várias pessoas bem jovens vêm deitar perto da brasa e perguntam sobre o Brasil. Conto da minha cidade, enquanto Evi tece nas *pickups* o surgimento da manhã. Ouço histórias de viagens, das férias acampando na ilha de Lemnos, onde os ventos são implacáveis. Uma garota diz que naquela ilha, as mulheres mataram todos os homens.

Lemnos

O céu alaranjou,
o homem disfarçou-se de estrela
para entrar na ilha das mulheres.
Estrela forjada em latão barato,
como broche,
como suvenir.

Carrego a estrela no peito,
brinco de forte apache com meu primo-irmão.
Ele, caubói; eu, cavalo de índio.
A estrela era a brincadeira mais bonita.
Não existe mulher xerife, disse ele.

Amanhecer

Os pássaros acordam no porto.

– Nunca conheci uma mulher tão solta como você, diz Thanis, jogando-se ao meu lado. Que estranho ele me dizer a palavra *solta*. Repito a palavra *solta:* abrir a gaiola e soltar um bicho que estende as asas gigantescas na praia da Grécia. Um grifo vermelho, metade águia, metade leão, animal-rito.

Um amigo de Thanis vem e chuta areia em nós.

– *Hey, malaka!* Eles saem correndo, crianças com os cabelos iluminados pelo sol que nasce.

Sopro

Volto para meu quarto e copio no caderno um poema de Safo:

Um dia você deve morrer,
não restará
nenhum anseio
ou paixão pelo teu ser.

Abro a janela para a manhã que começa e deixo entrar o vento. Morte, não há túneis para seus olhos: há sempre algo que a distrai.

Meu primeiro meio século acabou de passar. É natural.

Diário de bordo: *4 de julho*

Mudam os ventos. Correntes marítimas de retorno.

Tobacco house

É difícil medir a passagem do tempo nos dias e noites da Grécia.

É domingo. Saio a pé para explorar Cavala. No ar ainda paira um cheiro de tabaco, das antigas fábricas, agora todas em ruínas. Vou visitar uma *tobacco house* transformada em museu. Na lojinha, escolho um sabonete. Mas a recepcionista do museu diz: *Wait!*. Leva ao meu nariz uma vela cheirosa que contém o aroma que flutua no ar de Cavala e me explica que, à medida que a vela derrete, brota um óleo que serve para massagear ou passar na pele. Eu não ouço o que ela diz. Não estou presente, não sinto este aroma, tomada pela memória de um outro cheiro. Escrevo com o sentido do olfato: minha avó fumava escondida no quintal, um cigarro mentolado. Ela me abraçava e a menta queimada ficava nos meus cabelos de criança. Era um cheiro muito ruim, que fazia da minha avó um fedor. Eu tinha que ultrapassar o fedor para sentir o amor.

Quando saio à rua, num calor de trinta e cinco graus, percebo que a vela é importante, que é maravilhosa. Imagino seu perfume amadeirado espalhando-se pela residência. Volto correndo, a tempo de ver a secretária trancar a pesada porta de madeira e virar a esquina. Eu nunca mais voltaria ali; eram tantos lugares para descobrir que a possibilidade de ter a vela extinguiu-se para sempre. A memória permaneceu, o cheiro aterra.

Agarro-me às chamas acesas das novidades que podem chegar.

Fluída

Cercada de ilhas
por todos os lados,
sou água e meio.

Ísola em Vita

Ísola pergunta:
– Vita, quando você abrirá espaço na roda de dança?
Digo:
– Sinto cheiro de romã.
Ísola:
– Sou eu, a sua semente da sorte.
Pergunto:
– Onde você está?
Ísola:
– No barco que te move.
Respondo:
– Para onde?
Ísola:
– Para o capítulo de Afrodite, a parte do amor.

TERCEIRA PARTE: OS CAPÍTULOS DO AMOR

Ode a Afrodite

Agora vem!
Das aflições livra-me
e sê de mim, amiga, ó Afrodite.

Safo

Ode ao vento

Faz de mim seu alvo de amor.
Joga a maçã e me acerta.

Ísola

A Mulher-Montanha

Como falar dela sem erguer um altar?
Entre o azul do mar
e o azul de seus olhos
existe a sombra cinza
de picos que atingem o grau máximo de dor.
É selvagem e profunda
a escalada da Mulher-Montanha.

A nova residente

Escuto um canto ao violão tarde da noite. Uma canção de Britney Spears: *Baby, give me one more time*. Uma nova voz invade a casa e chega até mim antes de seu rosto, adormeço ouvindo sua risada.

Diário de bordo: *6 de julho*

O mar é espelho do céu.

Christina

Christina é mais uma artista que chega para a residência. Mora em Missoula County, Montana, e trabalha como enfermeira em um grande hospital. Claridade é a palavra que me vem quando olho seu rosto. Escalar, remar, desbravar florestas é a sua natureza. Cavalo de um espírito antigo da mulher que cuida acampada no topo do mundo. Ela me conta que é de origem grega, de uma família oriunda de uma minúscula ilha cicládica, Ikaria, a última ponta de um imenso arquipélago, cóccix da coluna vertebral de corpos que vivem mais de cem anos.

Christina ri bastante, mas também chora. Chora ao contar quantas horas extras fez no hospital, quantos banhos deu em pacientes para poder estar aqui.

Na mesa imensa do estúdio comunal, ela espalha páginas arrancadas de revistas e, com um estilete, vai retirando da imagem tudo o que atrai seu olhar: anjos, ondas, flores, animais, falésias, deusas, nuvens. Fica horas debruçada sobre as colagens que surgem, concentrada em reconstruir paisagens como se reconstruísse a si mesma.

Cada pedaço que recorta, e são muitos os detalhes, a coloca um passo à frente e cada vez mais distante do ex-marido abusivo.

Qual obstáculo raro impediu antes a sua partida?

Kamares

O sol se põe atrás das muralhas
do aqueduto bizantino,
uma serpente de pedras
divide a cidade.

Sessenta arcos de diferentes tamanhos
estendem a sombra de suas escamas
sobre milhares de igrejas de brinquedo,
sempre cobertas de flores e velas acesas.

A fé escoa o tempo.

O casamento é um *mistério*

Quando o apóstolo Paulo
caminhou pela cidade de Cavala,
ao olhar o oceano,
teve sua primeira epifania.

A palavra *mistério* em grego quer dizer *sacramento*.

Abuso

Que sacramento é esse? Quebrar a unidade de dois é quebrar a intimidade com Deus. Christina é uma mulher espiritual. Demorou muito para perceber que estava em um relacionamento abusivo. O marido era um tipo bacana e prestativo, de que todo mundo da família gostava. Lembrei de um namorado que socava a parede e dizia que mulheres tiram os homens do sério, o que é um homem dentro da seriedade? Um estranho lagarto que incuba ovos de violência?

Ela me conta que, uma noite, arrumou uma mesa bonita para o jantar, fez comida caprichada, tomou banho e se perfumou. Sentaram-se para comer, e Christina, com os olhos azuis brilhando e um copo de vinho na mão, pediu para que o marido lhe contasse como foi sua infância. Ele respondeu: com certeza melhor que a sua. A mãe de Christina morreu quando ela tinha quatro anos. Foi assim que ele a adestrou e quebrou.

Ele queria anular o brilho da mulher. Anulou. Apropriou-se de suas contas bancárias. Culpou.

– Por mais que eu me esforçasse, parecia sempre estar fora do tom.

Promessas

Desde que Christina chegou, não escrevi em meu diário de bordo. Acesso todas as boias e botes para sobreviver às lembranças de relacionamentos naufragados. Nos turnos da noite, como se existisse neblina, olho para o céu escuro procurando a constelação de Andrômeda para não me perder. Sou mais velha e tenho que guiar o barco. Debruçamos no convés como duas marinheiras e atravessamos um oceano imenso em momentos confessionais, românticas filhas do mar. O sal cura as feridas.

Acordo bem cedo no domingo de manhã e subo com Christina uma escadaria infinita, com muitos velhos de terno e velhas cobertas de negro, rumo ao culto ortodoxo. Lá em cima, sou íntima da claridade. Na igreja dourada, fico de joelhos e oro para suportar as alegrias mais profundas.

Olho diabólico

Christina e eu passeamos bastante pela cidade, ela é uma andarilha. Ao passarmos ao lado da igreja de São Paulo, uma pitonisa negra de cabelos brancos, sentada em um banco, cospe três vezes no chão. Fico sem entender, mas Christina me explica que é o *xematiasma*, um encanto grego contra a inveja. Significa sorte. Lembro das pequenas turquesas, presas em correntinhas de ouro, que parentes levavam de presente aos bebês recém-nascidos para afastar o olho diabólico.

Também é necessário um ritual. Derramar, com a ponta do dedo, três gotas de puro azeite em uma taça d'água, bocejar várias vezes e tomar três goles da água. Assim protegidas, podemos ir para qualquer lugar, com o espírito inquebrantável, longe das dores de cabeça.

Comedor de lótus

Todos os dias vou buscar alguma coisa no mercadinho, uma cebola ou tempero exótico só para ter um pretexto para conversar com Laikis. Seria mais barato ir ao anódino supermercado da esquina fazer compras maiores, mas não tem graça.

Chego na esperança de que Laikis esteja em um bom dia e me conte alguma história da sua vida. O mercadinho tem cheiro de exóticas especiarias e de guaraná em pó. Imagino que ele viajou muito para conhecer tanto. Mas a grande tristeza é ser um homem grande, bonito, de profundos olhos verdes que não se lembra de nada, não sabe o que acontece com seu corpo. De um dia para outro, perdeu a visão e não podia mais se movimentar ou trabalhar. Ele me conta seu périplo em hospitais e médicos com lágrimas nos olhos, puxando os cabelos para trás. Tudo fica salgado, como o mar se torna esmeralda escuro depois de um dia de vento.

A verdadeira história de terror é não lembrar mais de história nenhuma.

A ponte entre o agora e sua vida de antes é o rock: Rolling Stones, Led Zeppelin... Escuta música num velho rádio, sempre na mesma estação, ao lado de uma minúscula televisão com antenas, onde assiste a novelas brasileiras. Reparo que, por baixo da bermuda com estampa militar, usa meias de compressão. Peço que me mostre quais ervas toma para as varizes e digo que é para minha avó de noventa e quatro anos. Ele desdenha: aos noventa e quatro anos, sua avó não precisa mais de ervas.

É tempo de *kakis*, amontoados em pilhas alaranjadas nas caixas. Na Grécia, são chamados de *lótus persimmon*. Havia uma ilha mitológica onde os comedores de lótus entregavam-se aos prazeres narcóticos provocados pela fruta e esqueciam-se de quem eram e do que tinham que fazer.

Minha avó cortava as metades de caqui chocolate e oferecia em grandes quantidades para os netos, dizia que eram jujubas. O cheiro me transporta à tontura da infância.

Nas mãos de Laikis, está o sorteio do comprimento do fio da vida. As pessoas vêm e vão, compram e entregam mercadorias. A sineta da porta soa, o mercadinho sempre vivo.

Praia à vista

Querubins tocam trombetas,
espalham raios dourados no céu.
Preparam o dia
para a praia em silêncio.

Diário de bordo: *16 de julho*

Ventos a favor, dia de pescar ouriços.

Eleochori

Pinelopi, a curadora, monta programas de visitas a museus, galerias e sítios arqueológicos para que a paisagem grega penetre no trabalho de cada um. Estamos todos concentrados em nossos projetos; ao final da residência temos que apresentar o resultado de nossa investigação artística. Escrevo poemas, mas o diário é minha melhor expressão.

Em um sábado, Pinelopi nos leva até uma praia selvagem, que só ela conhece. No pequeno carro, nos apertamos como uma família em excursão, com cervejas gregas e sucos em um isopor, *spanakopita*, pães e *bougatsa* que a mãe de Pinelopi fez. Bom apetite, *kali orexi*, o "xis" grego é "rri", um som que não consigo reproduzir.

Eleochori não tem quase ninguém; o mar é perigoso, correntes ávidas de visitas para o fundo dos bancos de areia.

Embaixo do guarda-sol, quase despidos, conversamos sobre a vida nos diferentes países. Christian está preocupado com a mãe de noventa e quatro anos, morando sozinha numa casa de três andares.

– Sua mãe deve ser linda.
– Não, ela é feia. Ninguém é bonito com raiva no rosto.

Reparo que na praia as crianças chamam muito pela mãe. "*Mamá, neró, mamá*", esticando o pé e pedindo para a mãe tirar a areia. Crianças grandes pedindo atenção da mãe o tempo todo. E lá estão as mães ajoelhadas, regando os pés dos filhos. Aqui, crianças não carregam celular.

Pinelopi quer nos fazer experimentar ouriço-do-mar colhido na hora, mostrar sua destreza de pescadora. Vamos andando pela beira da praia até as pedras do canto para buscar o equinoide púrpura. A cor roxa que se faz de sua tinta era usada para tingir mantos nos tempos antigos. Há em Antígona de Sófocles a expressão *kalxainei:*
Você está sombria, tingindo suas palavras de púrpura-vermelho.
Não há lugar para um estado emocional de perturbação em Eleochori. O cenário me acalma. No desconhecido, encontrei abrigo.

Na beira d'água, vários ouriços negros incrustrados nas pedras dormem com seus longos espinhos, cuidado para não pisar. Pinelopi não tem nenhuma faquinha para arrancar um deles de seu casulo, mas pega com a camiseta enrolada na mão. O ouriço morre em vão, não há ovos dentro dele. Pinelopi fica triste, me identifico com a pedra, órfã de ouriço.

Ouriço-do-mar
para Pinelopi

Na praia sem conchas,
o Ouriço é uma mancha de tinta púrpura
salpicada na pedra.

Dorme em silêncio,
embalado pelo ronco do mar.
Não há ovos dentro dele,
desovou na lua cheia.
Está vazio,
espetando o oceano.

O Ouriço nunca morrerá.
Zeus o transformou em uma perfumada árvore
com flores de fogos de artifício.

Corpo de poesia

Como parte do meu projeto da residência, organizo uma ação poética: espalhar poesia pelo *old town*. A cidade antiga tem muitas casas abandonadas, com portas enferrujadas e janelas descascadas. Espaços que são como uma página em branco, onde eu poderia colar uma fina pele de palavras escritas sobre as superfícies roídas pelo tempo. Ao relento, sob a chuva e o sol, o poema irromperia na impermanência.

Pinelopi é a guia dos melhores lugares para a colagem. Ela traduz os poemas para o grego e imprime cópias em papéis reciclados de vários formatos.

Além de Pinelopi, a *guerrilla* poética se forma com Nana, historiadora de arte e fotógrafa, e Christina. No calor da nossa pequena cozinha, preparamos uma cola feita com água e farinha, colocamos em um balde e partimos para a colagem dos lambe-lambes depois da meia-noite.

A cidade antiga reina imponente; subimos as ladeiras em silêncio. O gato ronrona o poema nos jardins do palácio egípcio.

Quatro mulheres com o coração acelerado quando uma luz acende em alguma varanda ou um carro passa devagar. A farinha com cheiro de esperma gruda nas mãos. A parede nua da igreja recebe a versão pagã de meus poemas para Afrodite.

A Poeta Desconhecida, Ísola, já não é mais desconhecida. Ela assina a poesia. Está publicada e distribuída nas janelas do eterno e será lida por alguém de olhar sensível ao detalhe.

Depois de alguns dias, volto aos locais da colagem, o poema do *corpo lunar sobre a cama* foi arrancado da parede da igreja, sobra apenas um vestígio rasgado da palavra *corpo*. Os outros, sob a luz do sol do meio-dia, enrugaram-se, mas continuam legíveis.

Quem rasga poesia?

Αχινό
για την Π.

Στην παραλία χωρίς κοχύλια
Ο αχινός είναι ένας μαύρος λεκές από μελάνι κάτω από την πέτρα. Κοιμάται στη σιωπή νανουρισμένος από το ροχαλητό της θάλασσας. Δεν έχει αυγά μέσα του, γεννήθηκε στην πανσέληνο. Είναι άδειος, καρφώνει τον ωκεανό.
Ο αχινός δεν θα πεθάνει ποτέ.
Ο Δίας το μετέτρεψε σε ένα αρωματικό δέντρο με λουλούδια σαν πυροτεχνήματα.

O mito de Leda

Silêncio.
O espetáculo já vai começar.
Abrem-se as cortinas.

A marionete vive o drama
de um desejo implacável.
Borra o rosto de madeira
com lágrimas de caneta.

Sobrevoa
um malfeito Zeus de algodão que diz:
Feche os olhos,
move-te muito lentamente.
Não há dia nem noite,
apenas o perfume do óleo de papoula.
Somos pétalas e palavras mudas
à luz de velas.

A marionete abraça a nuvem,
engravida num instante de um ovo de papel.
Um origami de cisne é o bebê.

Palmas!

Diário de bordo: *17 de julho*

Todo mar calmo prenuncia um maremoto.

Melo-dia

De manhã, os residentes trabalham juntos, deixando o espírito da criação pairar sobre nós. Tateio os mistérios dos versos sáficos. Cinco unidades métricas, três versos decassílabos, mélicos. Poema feito para cantar, ritmo quer dizer mar.

Mélico

O vento de Afrodite sopra, suave,
dizendo *prepara-te para mim*.
Somem palavras da minha boca
ao te ver surgir.

Palia Cavala

À tarde, Christina me convida para fazer uma trilha nas montanhas, chamada de Caminho das Águas, que parte do aqueduto no centro da cidade e segue até a floresta. Preparamos uma mochila com itens de sobrevivência e partimos depois de um almoço leve de salada grega. Há uma Cavala mais velha ainda, a Palia Cavala, com vestígios de uma civilização que se estabeleceu nas margens do rio Nestos, na antiga Trácia.

Subimos o caminho de pontes de madeira e pedras, nas sombras dos plátanos, cercadas por dentes-de-leão e flores amarelas, como duas crianças habitando a ilustração de um livro. Passamos por cavernas cobertas de avencas, por um moinho em ruínas, há muitos anos imóvel, com sua hélice apontando em oito direções de infinitas possibilidades.

Christina, mesmo sem mapas, sabe por onde seguir, na intuição do marulhar de um fio de cachoeira tecido nas rochas. A água é uma miragem que brota e lava nossos corpos suados. Christina tira da mochila um óleo de mastica, feito de uma árvore que cresce na ilha de Chios. Passamos na pele, é ritual para Afrodite. Enquanto isso, não consigo parar de falar de Safo, *in the mood of love*. Os poemas de Safo são a locução do amor. Mas Christina também quer falar e falar sobre o ex-marido. Até ser interrompida pelo canto repentino de milhões de cigarras nascidas juntas, no uníssono de uma partitura de alegria louca. Temos um ataque de riso, rimos, rimos até perder o fôlego. Atingimos o topo da montanha, a vista estonteante da baía de Cavala está diante de nós. O mar brilha em milhões de paetês dourados. Christina abre os braços.

– Vita, estamos vivendo o melhor momento de nossas vidas!

Safo's style

Dar à luz
a voz, eu sei
que o som do amor
é o único capaz de emudecer.

Moinho

Christina e eu descemos a montanha. Ela me pergunta:
— Quando um homem fala que você lembra a mãe dele, é bom ou é ruim?

run

As ruínas da Velha Cavala sentem as ninfas, o moinho gira ao seu sopro depois de séculos. Aponta para novas direções.

Nível do mar

Ao mergulhar fundo,
o peso do mar
estoura os tímpanos.

É muita pressão
para o corpo suportar.

No ar rarefeito das montanhas
o leite das cabras seca nas tetas.

Temos uma faixa muito estreita
para respirar.

Por isso, os seres mitológicos
meio pássaro, meio peixe:
sereias.

A chegada dos atores

As luzes da residência estão todas acesas, deixando o bairro com ar de circo. Parece que chegou uma caravana cigana. Bonecos, adereços, malas, marionetes e perucas estão espalhados pelo quintal. É o material de trabalho da dupla de atores romenos Mike e Antidot. É com este nome, Antidot, que ele se apresenta a mim, numa mesura. Eles vieram para a residência desenvolver uma adaptação de Lisístrata, de Aristófanes. Uma comédia sobre a greve de sexo que as mulheres fazem para terminar com a guerra do Peloponeso, entre Atenas e Esparta, que já durava mais de vinte anos.

A versão deles é Lisístratix, para fantoches. Lisístrata como uma dominatrix e seu marido como um rapper cafetão. Fico curiosa com o texto e sento-me na mesa comunal para ouvir as mais de sessenta páginas da peça, enquanto eles conversam entre si em uma língua que só ouvi em filmes de vampiros. Fico um pouco hipnotizada pelo som das vozes deles. Eles interpretam seus papéis como se fossem perder a única chance de sobreviver. Eu não sei nada sobre a Romênia. Houve uma revolução e em um dia tudo mudou. Ser artista na Romênia é ser o porta-voz de uma memória coletiva de traumas históricos e ao mesmo tempo trazer para a contemporaneidade os seus fantasmas, os seus fantoches.

A última peça do quebra-cabeça

Interessei-me pelo jeito de Antidot, quero saber mais sobre sua vida. Ele me conta que é um marionetista profissional, tem olhos escuros afetuosos e pensa bastante antes de falar, não vai engolindo o ar e preenchendo todos os espaços de conversa. Talvez porque trabalhe com bonecos. Ele me apresenta sua boneca de madeira sem rosto nem adereços que não tem nome. Noto suas mãos, pequenas como as de uma criança. Seu corpo passou por uma grande transformação: da obesidade mórbida para um jovem Apolo. Nunca acreditaram que ele poderia ser ator, nem na escola nem na universidade. Não foi aceito em nenhum grupo teatral, era sempre o último a ser escolhido nas audições. A última peça do quebra-cabeça, o último pedaço do rabo de um rato.

– Mas a colocação da última peça é a alegria do jogo!

Entramos numa sessão de análise empática. Há algo detestável em revelar-se para um completo estranho, mas não consegui evitar. Conto para Antidot que tive dois irmãos, um nascido antes de mim e outro depois. Que nunca voei para não contrariar o desespero protetor de minha mãe, nunca soltei sua mão mesmo depois que ela morreu.

E que também tenho medo de serpentes.

– *I'm sorry for you*, ele diz.

Nos abraçamos, um raio cai no mar.
Sinto-me tão pequena fingindo que sou frágil.

Atitude masculina

Antidot me conta sobre suas namoradas.

Catalina trabalha com cenários e figurinos de uma maneira particular: costura asas para si mesma, de vários tipos e formatos, mas todas inspiradas em princesas da Disney. Antidot uma vez sugeriu que buscasse outras referências para variar um pouco, mas ela saiu batendo as asas lilases no meio da rua, gritando que ele não a entendia, que era como todo mundo, comum. O namorado teve que dar as mãos à princesa tardia e passear com ela, suas saias de tule e as asas caídas pelas avenidas de Bucareste.

Sildriel é uma boneca de cabelos vermelhos e pele bem branca. Decidiu que queria ser boneca de teatro quando, aos nove anos, em uma festa de aniversário, um poeta contratado para declamar para as crianças, escreveu palavras no ar. Em silêncio, ela leu:

As palavras existem no espaço,
nós somos o perfume de uma flor inventada.

Desde então, vive assim, pelas coxias, fantoche nas mãos de atores vestidos de negro. Sildriel é puro ato. Mas ela não é fácil. Foi ofendida e chacoalhada muitas vezes. Assim que terminava seu trabalho, com dor nas costas e cãibras nas mãos, corria para seu pequeno quarto e lá ficava cantando sozinha. Antissocial e tímida, escondia debaixo da túnica de feltro uma faquinha, para se defender das violências sofridas. Com muito cuidado, Antidot a apresentou a um grupo de teatro que encenava clássicos medievais, ela ficou a melhor amiga de uma violinista, finalmente tinha uma família.

Sildriel e Antidot formaram um casal apaixonado, e ele nunca quis machucar a boneca. Mas ela o feriu com a faquinha. Quem está machucado pode machucar. Antidot, iludido, pensava que entendia as mulheres. Abraçava a boneca com mais força, e ela, com a faquinha, matou a doçura. Dizia que ele precisava trabalhar sua atitude masculina para ser um homem melhor. Foi nesse momento que nos encontramos.

– O que faz de determinado material um homem? É o que me pergunto na sombra da metafísica.

Pele de barco

Paixão é um rasgo
feito por anzol
na escama desatenta.

Não sei se desejo estar na pele do peixe.

Estar ao sol,
estendida na areia,
em cena de cinema,
com um sorriso branco no colo
só é possível em Saint-Tropez.

Aqui é Cavala,
partem-se os cascos dos barcos,
e os ictiocentauros
riem loucamente
quando alguém se perde no mar.

Átopos

Há uma ponta de estranhamento na casa. No almoço, falam brincando que a única maneira de Antidot ter alguém é ficando com a boneca de madeira que ele brinca de vestir. Anti é o átopos, o não lugar. Suas roupas combinam as estampas mais inusuais. Encontrar o outro é perder-se.

Maria Polydouri sopra em meu ouvido sobre o perigo iminente, o interesse por mais um homem estranho. "Não se perca de Ísola. Afrodite gerou todas as espécies de seres voláteis, a mãe do amor também pariu os demônios. Não se esqueça do nosso compromisso com a poesia".

Como é fácil me distrair. Antidot quer viver experiências amorosas na Grécia. Acho que comigo. Minha resposta é rir. Ando como Nêmesis. O que eu levaria em troca? Os conflitos na mitologia se resolvem assim: "O que eu levo em troca de realizar-te o desejo de intimidade?"

Desamparo erótico

O meu desejo está no mistério que me navega.
Tiro a parte de baixo do biquíni,
encaro o meio das minhas pernas.
Vejo uma ostra abandonada no claustro.
Olá, ostra, como vai indo no vaivém das ondas?
Acabarei como um fóssil de molusco incrustado numa pedra?
Como o ouriço vazio da praia?

Fóssil

Poderia dizer para Antidot: "Não para cima de mim, jacaré! / *Don't get on top of me, alligator!*". Mas acho que ele não entenderia. Como escrever sobre amor? Sem flores em seu altar, Afrodite vinga-se das mulheres que não acreditam em Eros impregnando suas vaginas com um cheiro nauseabundo. Ninguém se aproxima. Está uma onda de calor aqui na Grécia. Oito da manhã e o termômetro marca quarenta e cinco graus. Não há para onde correr, algumas ilhas são consumidas pelo fogo e o verão é um pesadelo. Tudo pode desaparecer no antropoceno que não reverencia a Mãe. Nas entranhas do magma, não busco refúgio no colo de ninguém.

Hipótese de Medeia

Nas florestas de pinheiros em chamas,
homens carregam nas costas
suas mulas tontas.

Por entre árvores,
estátuas de cinzas,
Gaia elimina seus filhos
para que a Terra sobreviva.

Ó mãe, nutriz,
acolhe-me em seu seio.

Eu cuido
da pequena semente
de bétula,
todos os dias.

Praia de novo

Christian bate na porta do meu quarto. *Let's go to the beach!* Eleochori, a nossa praia do coração, como sempre, está vazia e linda. Só hoje noto que há no morro uma única casa pintada de branco, sem afetação, com uma escada de pedras cercada de buganvílias de cor magenta. Eu moraria para sempre aqui. Christian e Christina conversam sobre uma série alemã com um personagem desmemoriado, problemático e, nobre por dentro, que vive seguindo uma virtude própria, a *areté* grega. Não seria ele o avesso da Ilíada, um anti-herói que não quer deixar seu nome na história, mas apenas apagá-lo?

Enquanto eles falam sobre coisas banais, eu me pergunto: Como cheguei até aqui?

O tempo escorre. Odisseu é um sonho de Penélope; ela é a única imutável no tapete que se desenrola na areia, restam poucos grãos para o encontro final com o grande medo.

Naufrágio

A praia de Naufrágio é considerada a mais linda do mundo.
Fica em Zakynthos, no mar Jônico.

Há um navio encalhado na areia
que não flutua na maré cheia
nem afunda na vazia.

Um barco em que todos querem subir
e que não vai a lugar algum.

Kali orexi (bom apetite)

Na volta da praia, fazemos um almoço tardio na cozinha comunal: salada grega com azeite de oliva de Creta, peixe frito, azeitonas e queijos. Sinto o gosto da comida como há muito tempo não sentia.
Christian me pergunta, de novo, quantas páginas escrevi. Digo que escrevi uma carta. Ele me olha com uma cara estranha. Fico mais tempo dentro do quarto, em conversa com Ísola, estudando mitologia grega. Sou uma feliz ermitã. Estou aos poucos chegando a alguma verdade.
Mas não se deve duvidar da existência de Zeus. Estando em terras gregas, ele se insinua pela janela em forma sedutora, para depois te deixar à deriva numa encruzilhada no meio do oceano. Isso, se não te transformar em uma quimera de três cabeças, com Hera a te perseguir até o fim do mundo com picadas de mosquitos imortais. Não se vai para a Grécia como uma borboleta beijando as ondas, assim como não se escreve impunemente.

Diário de bordo: *25 de julho*

Ventos se aproximam em rolos de nuvens cinza-chumbo. Reviravoltas, ciclones e naufrágio. O navegador hábil recolhe as velas frente à tempestade. Sou marinheira de primeira viagem.

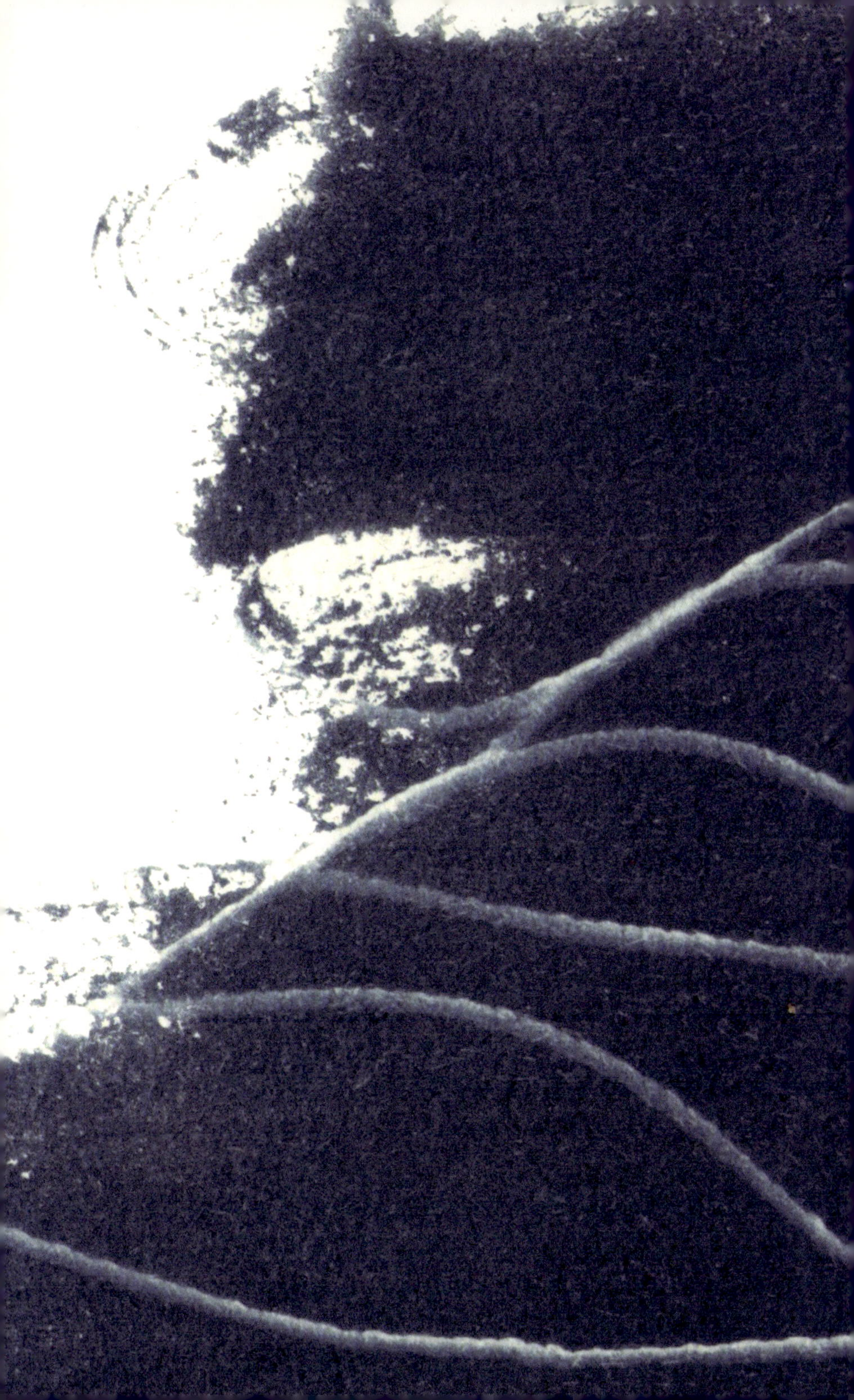

Fogo radical

Dentro do olho preto do cavalo,
não há domesticidade nenhuma.

A carroça dispara.
Medeia pica o próprio sangue.
É bárbara e canibal a mulher.

Os cavalos de Medeia

No táxi, músicas gregas que já reconheço tocam no rádio. Vou espremida entre os dois atores perfumados de mirra, a caminho da milenar cidade de Philippi. Há um festival de verão, e, no anfiteatro lindamente iluminado, assistiremos a uma montagem de Medeia de Eurípedes.

O teatro é uma orelha cravada na pedra, no meio da mata, construída para uma acústica perfeita. Os atores não precisam gritar, mas gritam. Até os morcegos nas cavernas ouvem a atriz declamar: *Notem do que padeço, me vinculei com juras magnas a um horror de homem. Ó Zeus, por que não demarcar o corpo sórdido do homem com um sinal bem fundo que o denuncie assim que vem ao mundo?.*

No ar, paira uma loucura que não está apenas no palco, mas no desvario da vingança. Como acreditar que Medeia estava domada? O cavalo escapa do porão do navio e arrasta tudo para o fundo do mar.

Drama

A noite continua em Drama, a cidade das águas abundantes. Mike e Antidot querem fazer pesquisa de campo em uma boate de *striptease*, só há uma em Drama. Prevejo uma madrugada de bebedeira e constrangimento. Volto a ser adolescente, no banco de trás de um carro, na estrada, a caminho do primeiro porre com as amigas. Tento fazer voltar o tempo, o que me coloca dentro de um táxi entre dois atores da Romênia é inteligência ou impulso? Nunca diga não a nenhum convite, é o leme da minha jornada.

Entramos em uma rua fora do circuito turístico, em um beco sem movimento algum. Tudo está escuro, em silêncio. A boate chama-se Afrodite, mas o R do neon está apagado, eu leio A fo di te. O taxista quer nos largar ali, são duas da manhã de uma terça-feira. Mike desce e bate palmas como se estivesse no interior de Minas Gerais, só falta gritar ô de casa. Uma luz acende dentro do templo.

Entramos no bar e só três almas estão sentadas no balcão, está frio. Estátuas de falsas afrodites cercam um cenário de espelhos, não dizem nada, nelas não habita a essência do eros. Mike e Antidot estão no clima do ambiente.

– Agora o palco é nosso, diz Anti.

Corpo-motor

Sento no balcão para escrever alguns pensamentos no caderno. Mike e Antidot supõem que anoto ideias para a peça, mas estou em um encontro com o deus alado Hermes, inventando a ficção. Esta sou eu, *tóde ti*, em grego. Substância e forma. O ser enquanto ser. Com a percepção de que as perguntas mudaram. Qual é a minha íntima essência? Minha essência é Ísola, matéria da vida suprassensível. Tenho fome do próximo passo da escrita.

Não consigo parar de pensar em Medeia em exílio no escuro do mar profundo. Ela queimou seus filhos para atravessar as labaredas do tempo. Há um corpo-ardor em movimento. Há um corpo de mulher que não está dilacerado pelo abandono masculino, mas em revolta com o pacto quebrado.

No palco, os dois atores arrancam a roupa. Por baixo das camisas floridas, estão de *tops* pretos improvisados com cuecas, logo as bermudas vão abaixo também, revelando um *underwear* de oncinha. Começa uma música. *I touch myself and I don't want anybody else oh no oh no*. Devem ter muito treino para dançar assim.

– *Vino, vino* Vita, venha logo, eles convidam.

Os planetas estão na dança também, não quero ser um Saturno, paquiderme no espaço. Formamos um trenzinho, mãos na cintura suada da pessoa na frente. Uma mão suave na minha cintura. Calor na pele. Tudo começa a girar. Essa é a ideia deles de uma noite selvagem. A minha é ter a sorte de ver uma estrela cadente.

Diário de bordo: *26 de julho*

A diferença entre o marinheiro louco e o capitão romântico é a atitude.

Quase um mês em mar aberto que se abre cada vez mais. Estou na parte da viagem em que se quebram barris de rum, caem os dentes moles de escorbuto, grita-se *terra à vista* mesmo quando não há nenhuma. Em estado de alucinação, embarco um tripulante na minha jornada.

O que uma mulher em exílio pode fazer para se encontrar?

Miragem

Estar no mar
é estar no deserto.
Há miragens.

A loucura
faz colidir o barco com as pedras.

Os que não morreram afogados
ou envenenados por comida estragada
sobrevivem, irreais, sob o sol.

Os marinheiros loucos
descem no porto,
ansiosos para abraçar
uma vertigem qualquer.

O capitão romântico espera,
acende seu cachimbo.
Olha o mar e recebe dentro do peito
o som profundo do apito.
Conhece bem a onda que o engole.

Essas são as noites do iguana.
Ouço suas unhas raspando na areia,
como se alguém no quarto ao lado

chamasse baixinho,
no escuro.

Qual a grande derrota de um capitão?
Abandonar seu navio.
Não conseguir chegar ao porto de destino.

A conduta é:
flutuar.
Diante do grande lagarto que desperta,
manter os olhos abertos.

No navio-fantasma,
qualquer embaraço pode levar ao fundo.

Eu canto polindo cordas,
varro o porão,
tiro os ratos.
Dou alimento para as serpentes.

O caminho para o paraíso

Encontro um bilhete debaixo da porta. Nele está escrito: *Quero escrever em seu corpo com minha língua.* Sedução barata em um pequeno pedaço de papel, onde não cabe uma história de amor.

Em voz alta

Parte do programa da residência é uma tarde de estúdios abertos para visitação da comunidade. Tento mostrar aos outros artistas da cidade, estudantes e vizinhos, o processo da prática com a palavra escrita. Dar sentido ao universo poético que está em minha mesa, em frente à janela: conchas e pedras, cadernos abertos, guardanapos anotados. Papéis manchados de tinta, na busca de uma caligrafia particular. Deixo em destaque algumas páginas dos livros de Safo e Maria Polydouri e os copos que elas beberam, como cálices sagrados, onde só eu vejo as marcas dos lábios. Demetrius, um poeta de Tessalônica que acaba de chegar de Lesvos, me descreve em detalhes o astral da ilha. *Não existe lugar igual no mundo.* Lá existe uma escola de poesia, diz ele, à qual eu preciso ir, todas as poetas estão lá. São dez horas de barco noite adentro, sem fim, sem destino, sem hora marcada para voltar.

Antidot fica em meu quarto até depois da meia-noite. Um anjo é capaz de contaminar o sagrado quando fecha suas asas. Deitado na cama, sua voz de ator declama o poema fragmentado de Safo:

e das asas vem
derramar o seu canto
em verão ardente
revoa na gritaria.

Fecho os olhos e penso na boneca de madeira nua, dormindo no fundo da mala. A Lisístratix-marionete em greve de sexo. E eu? É um completo naufrágio, o desejo.

Dragul

> *Ó queridos animais,*
> *o medo que nos torna tristes, amarfanhados, rasteiros*
> *e nos torna desmemoriados de substância.*
> *O medo de que a música não se aguente*
> *que o seu som não tenha a potência de quebrar o cristal da morte.*
> Maria Gabriela Llansol

É fácil falar romeno.
É só virar as palavras do avesso.
Dragul quer dizer querido,
dracul quer dizer diabo.

Beije-me com paixão, diz o querido diabo.
Estamos na Grécia,
let's be wild.

Já sou um bicho sem artifícios,
dormindo com água do mar no corpo,
enrolada nas roupas cheias de areia.

O coração de rubi flutua dentro do peito
e rompe-se em mil pedaços
quando toco com a ponta dos dedos
a Nave vermelha que pulsa.

Quebro a morte com a capacidade de me encantar.

Perfumes órficos

> *Incensar deuses, com elegias de papoula,*
> *ó tu que enlaças os corpos em impalpáveis cadeias*
> *e até a angústia da morte dissipas.*

Encolhida, com uma vela acesa ao lado da cama,
tudo muda num instante
(*between our metamorphical souls*)
quando fecho a porta do quarto.

No travesseiro resta um cheiro de mirra,
uma confusão de maresias.

Diário de bordo: *27 de julho*

Céu de imenso azul.

A teoria do 1%

Qual cor seria o avesso do azul? O que estaria do outro lado do céu absolutamente sem nuvens? Não é trovão, não é tempestade. O que está do outro lado do azul é a teoria do 1%. Na residência, todos lidam com uma dor: relacionamentos tóxicos, alcoolismo, drogas, depressão. Mike me explica a teoria do 1%. Toda operação de miopia deixa um resíduo de desvio na córnea para que a possibilidade de enxergar de perto exista. Cada cicatriz no corpo é uma caligrafia que errou. *Deixar o dano para nunca esquecer o dano.*

Mike me explica a teoria do 1% com a segurança de um filho único criado por mãe solteira, mulher de negócios bem-sucedida. O escritório de sua empresa, em Bucareste, fica ao lado da floresta, onde habitam bichos que vão para as ruas em busca de alimento. O pai de Mike morreu ao dirigir bêbado. A mãe passou a recolher todos os animais; é assim que lida com sua solidão. Entre gatos e cachorros, há outras espécies que vêm da mata. Pequenos veados e leopardinhos-das-neves, chamados de fantasmas da montanha, sempre solitários. Eles moram com as mães até a adolescência, mas, quando as mães morrem, ficam perdidos e acabam na cidade, como espectros. A mãe de Mike encontrou um fantasma da montanha, e, dentro da casa, vários bichos convivem. Há cada vez mais ursos na Romênia.

– Há algo acontecendo entre vocês, diz Mike.

Anti é o 1% de chance de encontrar um fantasma-das-neves passeando em uma praia grega. Como diretor do teatro de marionetes, Mike não pode ver ninguém sozinho, já quer fundar uma companhia.

Eu sinto o 1% acontecendo na pele, o resto é mar.

Mergulho noturno merece silêncio

É uma noite bela e estranha. O céu está muito escuro, os pássaros noturnos mais silentes. Preparo uma mesa bonita para jantar no quintal, com velas e flores. Banquete dos deuses, músicas dos Balcãs e conversas sobre nossas lembranças de infância passadas na beira do mar. Nas escarpas da Croácia, no litoral da Romênia banhado pelo Mar Negro, nos lagos da Carolina do Norte. Lembro-me das férias na baixada santista, das noites sem luz quando o temporal balançava os prédios tortos e o mar subia até cobrir a calçada. Com medo de tudo desabar, as crianças desciam de pijama, castiçal em punho, mantendo a chama acesa com a mão em concha.

Após o jantar, vamos até a praia. Sou a única que tomou um vinho vulcânico. Para os outros, um pouco de álcool significa acidentes de carro e casamentos desfeitos. Para mim, celebração. Somos crianças que podem ficar acordadas até mais tarde.

Ao escrever na areia a palavra *fotiá*, mantenho viva a luz da noite de verão.

Pink moon

Ao descer a escada que leva até a areia, vem o silêncio.
A lua cor-de-rosa explode no horizonte. Nunca tinha visto uma cor nascer assim, em luz, como uma taça de vinho tinto derramada no mar.
A reação do tanino em contato com o líquido salgado abre um caminho magenta que convida ao mergulho. Tiramos as roupas e entramos na água

nua

tingida de rosa

a lua alta.

Pink pink moon.

O mar de noite

Pouso as mãos na superfície, para sentir a textura do veludo que me abraça.

O lençol escuro de água é uma cama que me convida a boiar. Flutuo olhando para a lua, uma lanterna sobre o corpo. Mente vazia, rádio abandonado em um naufrágio, nenhum ruído ou sobressalto. Na nudez da noite, olhos salpicados de astros e estrelas.

Mergulho com a cabeça submersa no fundo do oceano. Sinto o fluir do tempo, marinho, misterioso e antigo. Lá ficaria, não fosse Antidot se aproximar e me entregar uma pedra. Quando o pinguim estende uma pedra para a fêmea, significa que quer acasalar para sempre. Aperto a pedra na palma da mão como se quisesse materializar o que se desmancha. E depois atiro-a de volta ao mar aonde pertence.

Corpos

Dois lumes:
um de cada lado da ponte.

Acendem e apagam
acendem e apagam

espaços negros
espaços brancos.

Somos fantasmas de uma fotografia
revelados nas asas translúcidas de um morcego.

Haxixe

É madrugada. Estamos sentados na areia fria, o satélite rosa em seu ocaso.
— É romântico saber que nunca mais vamos nos ver, diz Antidot.
— É romântico como uma tenda de haxixe onde marinheiros cospem seus catarros. Como uma puta largada em um colchão sujo.
— Vita, você é maluca. Conte-me mais da sua vida.
— Minha vida é essa; nasceu na primeira palavra que escrevi.
— Deixa eu ler a palma da sua mão, ele diz. Eu, por exemplo, acho que nunca serei feliz no amor, minha linha do coração é curta.

O que será que ele quer dizer com isso? Sinto raiva e uma sensação de abandono, como uma criança. Afinal, ele tem sua boneca e estamos só de passagem.
— Ei *Siri*, transforme Anti em vampiro. Assim terá a eternidade toda para tentar.

Diário de bordo: *31 de julho, sábado*

Um bom dia para parir uma ilha.

*Estende a vela para afastar-se da costa
e manter a independência de seu mar aberto.*

Herman Melville

Deixo o diário de bordo cair na água. Não tenho mais como contar o tempo. Ir para a ilha é o Retorno para Ísola.

A ilha

Não olhe dentro dos meus olhos.
Medusa sente uma grande ternura
pelos homens que transforma em pedra.
Na eternidade de um amor perdido.

Fim de semana em Thassos

Eu iria a nado até a ilha de Thassos, mas vou de *ferry boat* mesmo. A balsa se afasta da orla de Cavala. As casas coloridas são cada vez menores. A bandeira azul e branca tremula no topo do castelo, dizendo *adeus*.

A balsa é uma festa flutuante, lotada de alegria ansiosa por guarda-sóis e mergulhos no mar azul-turquesa de Thassos.

Minha paixão por Antidot durou exatamente três dias. Foram três dias com febre, lutando contra um vírus, mas era apenas Zeus se divertindo. O que eu esperava dele? Que me desse um reino, um assassinato, um livro pronto?

Vingar-me de Zeus é impossível

Sobre a pedra fria
encontro a melancolia
de barcos partindo.

Na ilha

No café em Thassos, tudo exala normalidade. Búlgaros, italianos e russos reúnem-se para almoçar no terraço com música ao vivo. Duas cantoras e um tecladista tocam sucessos internacionais em grego. As crianças correm no jardim. O canto das cigarras é a única trilha sonora que consigo escutar. *Gódi gódi gódi* é o chamado de Ísola para que eu a encontre. Debaixo do sol escaldante, me afasto da praia de águas turmalinas, ando por horas intermináveis para encontrar o maior medo de todos.

O santuário de Deméter e Perséfone

*Desaparece
sombria caverna de Circe.
Me dê a flor que cura as almas
a boa medicina contra os maus pensamentos.
É descabido o apego ao dilaceramento.*

Sófocles

Vejo a placa do santuário na estrada, aponta para uma floresta escura atrás de um posto de gasolina. A moça do posto disse que é impossível ir até lá, pois o santuário não está preservado. A escadaria de pedra coberta pela mata conserva um mistério, brilha como prata. Vou subindo sem me importar com os espinhos que me arranham as pernas, elevando os pés para me desembaraçar das raízes.

Na clareira, encontro um poço circular em ruínas, raso e chamuscado, muitas fogueiras foram acesas ali. Há um eco estranho de cantos de iniciação.

Olho para dentro. No centro, uma serpente negra, enrodilhada. Quieta, imóvel.

Eu também paraliso. O brilho de sua pele é *um fulcro nevrálgico*. Dói em minha espinha dorsal. Não sei quanto tempo fico plantada na terra, com os pés descalços no chão. O animal é repulsa e atração, reside nele a mais feroz independência, a serpente caminha só.

O medo de cobra é ser cobra.

Moli

Um círculo de corvos
quebra o silêncio,
anunciam a morte de um antigo eu.

Encontro uma flor branca.
Moli, erva mágica
pharmakon estion: antídoto para resistir a bruxarias.

Raro alho negro.
A flor que levou a filha de Deméter ao reino dos mortos.

Desço com a alma arrancada de Perséfone nas mãos.
Faço-me invisível para a dor.
Encontro a Mãe.

Carta à mãe

Querida mãe,

Na data de hoje tenho a mesma idade que você tinha quando morreu. Hoje, solto sua mão para apanhar a flor. Inaugurei minha vida adulta com sua morte. Sei que usei uma roupa inadequada em seu enterro, eu estava com um vestido branco e esvoaçante, a tia Suzi me mandou ir para casa trocar. Meu corpo explodia hormônios enquanto o seu decompunha-se. Não via a hora de voltar ao hotelzinho no centro da cidade para encontrar o namorado de que você não gostava. As larvas de *tenebrius obscurus* que habitavam os lençóis sujos grudaram em mim, eu as sinto andando na pele, ácaros invisíveis de difícil extermínio.

Deito na areia e os grãos escorrem na ampulheta vazia.

Hoje o céu está azulíssimo. Não tenho nenhuma fotografia de você, apenas a lembrança do seu cheiro. Seu perfume em tudo. Açafrão amarelo. Especiarias. Perfume chique de azaleia. No astrolábio de nós duas está a carta de nossa íntima navegação. No sonho que tive, te encontro audaz.

A escrita é o encontro com você.

Sempre sua,
Vita

O Louco

Existem alguns seres estranhos e belos
que estão sozinhos
à procura de abrigo.

O monstro encolhido
debaixo da cama.

Há tantas terras à vista
quando o periscópio vasculha
o mar profundo.

Escotilha

Estendo uma canga na areia dourada, ao lado de um acampamento cigano. É o melhor lugar da praia de Nisteri. No canto das falésias de mármore, à sombra das oliveiras. Carrego comigo o livro de poemas de Maria Polydouri e leio:

O amor me despojou de adornos.
Olha: me desnudou inteira.

Estou distraída, mas noto o louco. Procura algo perdido na areia. Vai e volta de olhos pregados no chão, a bermuda azul meio caída nos quadris, magro e de cabelos compridos, rodeando uma carcaça invisível. Um toco de cigarro apagado nas mãos.
Não demora muito e ele vem para o meu lado, perguntando se eu encontrei a chave.
Ele me olha, eu olho o louco. Eu entendo o que ele diz. Também procura uma escotilha, uma biografia perdida. Vasculha a praia e encontra meu diário de bordo enterrado, molhado. Datas e acontecimentos que não anotei, mas que estão tatuados na pele de quem já é ilhoa.
Na solidão marinha, é a loucura que devolve o meu lugar.
É em Ísola que me abrigo.

O outro farol

Sento-me numa mesa à beira-mar esperando o pôr do sol com uma taça de vinho branco. É um bom lugar para se estar. Ninguém ocupa a cadeira à minha frente. Cercada por famílias, ouço línguas estranhíssimas envolta pela fumaça de cigarros, *bongs*, *vapes* e narguilés. São todos lagartas felizes.

Saio do restaurante e caminho pela calçada. Continuo por uma estreita passarela de pedra que avança para dentro do mar por quilômetros. Na ponta, um farol listado de branco e vermelho. Ando por essa linha mergulhada nos lilases e rubros borrifados no céu, atraída pelo pequeno ponto de luz girando, que me guia para longe da multidão. Sozinha, mar adentro, de vestido branco, cabelos sem pentear, poderia desaparecer como uma flor jogada para Iemanjá.

Depois de meia hora caminhando, alcanço o farol, já é quase noite, Vésper brilha. Meu corpo salpicado de pequenas pedras de mármore da praia de Thassos, estrelas que cobrem minha pele peregrina. Encharcada de aquarela, a água é espora na cavala do mar, desmancha a pintura do dia.

A cor agora é entre azul-marinho com contorno dourado e um violeta escuro.

Ilumino e escureço, ilumino e escureço, asteroide na órbita da pergunta: *How are you feeling?*

A imensa passarela de pedra que avança rumo ao poente é a continuação da serpente de concreto que cinde a cidade distante, a cobra negra que espreguiça, a imensa língua de fogo que carrega o corpo entre nascer e morrer.

Yannis

Uma casa sem um Yannis não tem progresso.
(Ditado grego)

Hello! Uma voz vem de trás do farol e me assusta. Das sombras, um homem de vastos cabelos brancos me cumprimenta, pegando minha mão e beijando o dorso como se estivéssemos numa corte francesa do século XV. Mas estamos no meio do mar, ele de bermudas jeans e chinelos. Posso distinguir no lusco-fusco seu boné de capitão. Preciso muito de um boné igual. Ele pesca. O peixe prateado ainda sacudindo o rabo, não é um baiacu, é um peixe promissor para um jantar de família.

Os peixes não dormem nunca, nem o pescador.

Noite no farol

De um pequeno rádio vem uma música de Vasilis Kazoulis e dá vontade de dançar dentro do quase escuro absoluto. Fico com saudades repentinas de Laikis.

O homem me oferece um banquinho baixo e dá a mão para eu me sentar. É nessas horas que eu queria ter um cigarro ou ao menos fumar.

– Meu nome é Yannis, John, ele corrige como se tentasse soar mais familiar. Parece que é mais fácil amar o estranho familiar. Ele me conta que nasceu em uma cidade aos pés do Monte Olimpo.

– Então, você gostaria de ser um deus?, pergunto.

– Tudo seria mais fácil, ele diz.

Quando digo que sou do Brasil, Yannis fica muito animado. Liga para uma amiga e me põe no celular para falar com ela. Luciana é uma mineira de Juiz de Fora, morando há trinta anos na Grécia, que logo me convida para tomar um drink em um café brasileiro.

O velho capitão recolhe suas iscas e, assim mesmo, cheia de sal, vamos ao bar, atravessando a multidão perfumada para jantar na ilha.

O Bar Brazil mais parece um restaurante havaiano, com neons, coqueiros e papagaios empalhados. No lugar da caipirinha, peço uma:

Batida de coco

Curo tudo com batida de coco.
Batida de coco na ilha grega.

Ao som de mais que nada,
obá obá obá,
doce batida de coco.

Batida de coco,
deslocada bossa nova
na terra de Zorba.

Lambida de ilha

Depois dos *cocktails*, Yannis me convida para ir a um bar de pescadores na outra ponta da ilha. Ele e os amigos costumam tomar cerveja por lá, tocar e cantar. O bar é um navio antigo de madeira encalhado na areia, com escotilhas roídas e milhares de gatos estirados nas cadeiras de palhinha.

Alguém levanta e começa a dançar o *zeibebiko*, o corpo de braços abertos imitando os movimentos do voo de uma águia, o pássaro de Zeus. *Opa!* Vozes roucas cantam, Yannis me puxa, *rorós rorós, dance dance, senão estaremos perdidos* e dançamos como se fosse o último verão sobre a face da Terra.

No fim da noite, a brasileira serve um café coado, cheiroso. Em um gole, a ilha entra em mim, conforto de casa.

Estado de espírito: ilha.

Dormir fora

Acompanho o vaivém dos encontros na ilha. Thassos amanhece ventosa. O mar, cor de leite. Minha pedra de adoção, onde costumo sereiar, é coberta pela maré cheia. Estou sem quarto, dormi ao relento. Minha casa é o Acontecimento.

O peixe

Volto para Cavala, a residência está vazia. Os artistas foram embora, a temporada acabou. Não houve despedidas, todos sumiram como um livro que se fecha. Menos Christina, que ainda recorta o tempo.

Fomos convidadas por Pinelopi para participar de um *workshop* de colagem e poesia no festival de verão que acontece todos os anos, com danças ancestrais, projeções de filmes e peças de teatro. Evi e Earth Quake tocam seu som enigmático para a multidão na grande praça. Os poemas que colei nas paredes da *old town* desmancham. Uma mulher lê em voz alta a frase que resta:

Ειδικά ψέματα που δεν είναι καν δικά μου

Durante a tarde, rodeada de crianças, faço o exercício das memórias mínimas para a poesia acontecer: lembrar de uma coisa espantosa que aconteceu na vida. Muitas delas contaram sobre a noite em que pequenos peixes brilhantes pularam aos montes do mar para a calçada. Eram tantos que não havia mais cidade. Uma criança disse: *O peixe piscou para mim. As guelras dele eram iguais às minhas orelhas. Eu escutei o peixe.*
 – E o que ele falou?
 – *Oréa.*
(*Oréa* quer dizer maravilha)

Planos

Christina e eu pegamos um ônibus até a praia, ao nosso canto amado de Eleochori, para um último mergulho.

Não verei mais a casinha branca das buganvílias. Abrimos panos sobre a areia. Fico com a cara no sol, meu velho amigo, ao lado de Christina, ouvindo sua *playlist* do celular e tomando *mountain tea* em uma garrafa térmica. Falamos sobre nossos planos para os próximos dias. Eu não tenho plano nenhum, não penso no Retorno.

Conto a ela que estou com raiva de Zeus. Que ele zombou de mim, me fez perder o rumo e ficar tonta de desejo como uma aeromoça, uma freira, uma viúva. Todas com o estigma de taradas.

– Você se apaixonou pela Grécia, isso sim!, diz Christina.

– Não quero voltar para casa.

– Eu acho que você precisa encontrar Zeus e ter uma conversa com ele.

– Como assim?

– Vamos escalar o Monte Olimpo? Não é tão longe daqui, eu te guio.

Nunca vou me lembrar de você

Vou me despedir de Laikis. Sentado atrás do balcão, ele ouve rocks diferentes.

– Viu como eu mudei de estação?, ele diz.

– Laikis, eu nunca vou me esquecer de você!

– Pois eu nunca vou me lembrar de você, *zouzuna*.

Um quarto em Cavala

Arrumo minhas coisas para partir de Cavala. Não há mais nenhum enfeite no quarto. Recolho as palavras que ficaram no ar, guardo-as entre as páginas do caderno.

Pinelopi me dá de presente os livros de Maria Polydouri e Safo, companheiras gregas que povoaram meus dias e noites com novas palavras e me ensinaram a poesia.

Ao sair, fecho a janela, o mar se apaga.

Carta às poetas

Queridas poetas,

Hoje trago notícias do farol. Mulheres-piratas podem navegar sem medo, a violência das ondas é a escrita do corpo. Pela janela, a água entra, lava a casa, sempre há um verbo novo para aprender. Entornar. Na dor, na morte, na semente do tempo.
Repito sem cansar suas palavras. *Sotéria*: salvar, proteger. *Louloúdi*, uma palavra que parece um ioiô e quer dizer flor.
A ilha sempre existirá quando fecharmos os olhos.

Sempre sua,
Vita

Poema *Nem aqui...* de Maria Polydouri na página 72 traduzido do grego por Julie Kartali.

Poema sem título de Maria Polydouri na página 73 traduzido do inglês por Katz.

Poema *Ouriço-do-mar* na página 130 traduzido do inglês para o grego por Pinelopi.

Agradecimentos

À Selene, lua-farol, por transformar tudo o que toca em beleza.

Aos meus companheiros de residência, pelas licenças poéticas.

À Isadora Krieger e a todos que cruzam os portais da oficina de escrita Ocultismo, delírio e cosmos.

Ao Teofilo Tostes Daniel, pelos comentários especiais.

À Maraíza Labanca, que caminhou junto.

Aos meus amigos Fernando, Lili, Inês, Bel, Denise, Ubiratan.

Ao Paulo, por deixar a porta aberta.

À minha editora Renata Py, pelo cuidado imenso na edição.

Leituras

Odisseia, de Homero
Ilíada, de Homero
Los trinos que se extinguem, de Maria Polydouri
Kariotakis – Polydouri, de Manolis Aligizakis
Fragmentos completos, de Safo
Medeia, de Eurípedes
O jarro de Pandora, de Natalie Haynes
O banquete, de Platão
Cantando Afrodite, de Ordep Serra
Um passeio ao farol, de Virginia Woolf
Sobre aquilo que eu mais penso, de Anne Carson
Eros, o doce-amargo, de Anne Carson
Da alma, de Aristóteles
Antígona, de Sófocles
Electra, de Eurípedes
Na casa de julho e agosto, de Maria Gabriela Llansol
Geografia, de Sophia de Mello Andersen
O colosso de Márussia, de Henry Miller
Zorba, o grego, de Nikos Kazantzakis
The Greek islands, de Lawrence Durrel
Moby Dick, de Herman Melville
O mundo, o pequeno, o grande, de Odysseas Elytis
Ítaca, de Constantino Kavafis
The fog, de Nikos Cavvadias

Posfácio
Escrever: abrir o leque do eu

Quando Freud escrevia sua longa e íntima obra A interpretação dos sonhos, assim falou em uma carta a Fliess: "Meu trabalho foi inteiramente ditado pelo inconsciente, segundo o famoso princípio de Itzig, o cavaleiro dominical: Para onde estás indo, Itzig? – E eu sei? Não tenho a menor ideia. Pergunte ao meu cavalo!". Essa passagem, em parte citada no livro *Um quarto em Cavala*, de Viviane Ka, deixa pistas sobre o processo que se inicia também no íntimo da narradora, que precisa sair da sua cidade-casa – São Paulo – para reencontrar as fontes da alegria em um litoral distante e estranho – a cidade de Cavala, na Grécia. Ali se entregará a um desconhecido (não sem algo de familiar) que dela exigirá uma dose de perdição, de deriva. Será preciso mergulhar nesse mar e ir.

***

Uma São Paulo sombria abre o livro: "sombras encurralam a delicadeza para debaixo dos canos". Sua mochila é roubada – com o seu caderno de anotações – e trocada por uma pedra de crack. O acontecimento violento leva o leitor a se perguntar o que de fato se perdeu, quanto vale a escrita e o que está por vir. Há insônia em toda parte, e à narradora-personagem só resta andar em círculos dentro do pequeno apartamento, uivar para uma lua enterrada atrás dos edifícios. Escitalopram, Frontal, zolpidem, sertralina: seu corpo "refém de *personal demons*, estilistas de mantos". Está instalado nela, na casa, na cidade – camadas sobre camadas –, um vazio de sentido, uma tristeza cinza: letargia, "quase morte".

Será preciso que ela dê os primeiros passos para fora de casa (e, depois, para fora da cidade). Ela o faz; atravessa a porta de saída, chega ao elevador, quando então revela seu nome; escava-o, crava-o no livro para o leitor: *Vita*, de onde ressoa de novo a vida. Faz um apelo à coragem, e aí o poema aparece. Lemos: "Coragem, uma palavra feminina"; afinal, "Enfrentar o inferno é comum às mulheres"./ Como Perséfone abraça Hades".

Será preciso, de fato, coragem para sair do atolamento no qual se encontra – na vida e na escrita –, para se permitir o movimento que visa a territórios desconhecidos. É preciso coragem, ela sabe, para "abrir o leque do eu" – camadas sobre camadas – ou, em outras palavras, para escrever. Ela evoca, então, a Musa e prepara seu barco "rumo à mítica cidade de Cavala". Nesse momento, começa a nascer um canto futuro que, contudo, remonta às origens.

No trajeto até lá, a anedota de Freud aparece, lembrando que, ao citá-la, o psicanalista afirma que quem o dirige é a escrita, o inconsciente (seu cavalo) e não as intenções de um *eu*. É assim que se parte. É por isso que se parte. Ou seja, com o desconhecido como horizonte, como condição da viagem, como condição, enfim, da verdadeira experiência. Assim, um *eu* se partirá em vários.

Nas anotações do caderno perdido em São Paulo, já havia a Poeta Desconhecida. Mas quem é ela? O leitor se pergunta. Sua aparição seria já o início do processo de abertura do "leque do eu", ou seja, seria ela uma das facetas da própria narradora do livro? Ainda não sabemos. Mas, mais à frente, temos uma pista: é como Ariadne; "tece com seu fio" a própria narradora. Ou uma é tecida pela outra. A Poeta Desconhecida é levada na viagem, parceira de travessia. Diz-se que ela pode morrer se não escrever; a escrita é, nesse sentido, fonte de vida, fonte de Vita.

***

Chegamos a Cavala. As deusas parecem contaminar o ar daquele lugar. A atmosfera de todos os tempos reunidos, superpostos – camadas sobre camadas. A língua estranha, cifrada, mas não-toda: sabemos dela as dores, "patologia, agorafobia, nostalgia". O que mais se decifrará? Os rostos que vê também são misteriosos: "É difícil saber o que se passa dentro deles", dos gregos.

Com o tempo, será preciso perguntar: o retorno ainda é possível? Será possível voltar? Não da mesma forma que antes, certamente, pois lhe acontece agora esse outro tipo de solidão, que se povoará de encontros – dentro e fora da escrita. Em um livro, uma mulher vestida de branco que pede: "exista-me"; Laikis e sua beleza insólita – "tão antigo quanto a cidade" –; Christian, companheiro de residência; Thanasis, o atendente da cafeteria; Antidot, um improvável amor; as poetas Safo e Maria Polydouri. Os encontros são gatilhos da escrita; o mar grego também.

À medida que se dá o mergulho nesse mar e no "espírito grego", mais os poemas aparecem. O Outro que agora a ela se apresenta, mesmo não sem alguma dose de terror, de horror, arrebata-a. A paisagem se abre, atravessa Vita, convida àquela deriva de que já falamos aqui: "É preciso perder-se".

E ela sabe, a escrita começa com o primeiro pingo: île *flottante* "na neve de uma folha em branco".

***

Aquela mulher vestida de branco e pedindo para existir da capa de um livro reaparece. Despeja as cinzas no mar, camuflada no seio da noite. Quem é ela? Ela (já) existe? Uma atmosfera de dúvida e suspense a permeia. Sua aparição provoca o involuntário da memória na narradora, que se lembra da infância, das freiras na escola: "Tessitura da escrita enquanto a vida acontece: passado, presente e futuro de mulheres no trânsito do tempo".

Essas mulheres se sobrepõem, por vezes se metamorfoseiam umas nas outras. São aquilo que o livro de Viviane Ka traz de mais precioso: camadas sobre camadas, a história delas acumulada (e transmutada), não sem a "ferrugem dos tempos". "Eu poderia ser tantas..." São muitas as mulheres que a fizeram chegar ali, a narradora sabe. E menciona, retroagindo, escavando-as, a primeira: Pandora.

Em outra cena, uma mulher olha a mulher que escreve – camadas sobre camadas, de novo – e vê o seu vulto. Agora, o nome da Poeta Desconhecida se revela: Ísola, que, em grego, significa "movimento do mar, onda, corrente. Mar profundo. Terra insular". Ísola é "companheira de viagem". Ísola é Vita, seu cavalo? Ísola e o estado de ilha que Vita desbrava, deixando de temer a imensidão oceânica e suas (im)possibilidades.

***

O poema se espalha sobre nossa narradora, que por sua vez o espalha na cidade. O vivo viceja. É verão em Cavala. Vita organiza uma ação poética: disseminar poesia pelo *old town*. Junto à sua "guerrilha poética", uma comunidade de artistas que ali se formou, colaria uma "fina camada de palavras escritas sobre as superfícies roídas pelo tempo". Assim, a parede da igreja "recebe a versão pagã de meus poemas para a deusa". Está publicado: "A Poeta Desconhecida, Ísola, já não é mais desconhecida. Vita assina a poesia".

Mas a busca por uma biografia perdida, que não começa com seu nascimento, sempre continuará – gesto necessário de retorno à escrita, de impulso à escrita. "Abrir o leque do eu" talvez precise tornar-se um fazer diário, assim como escavar as mulheres em nós – uma direção ética e estética. Cavala, agora, já não é tão estranha assim. São Paulo e essa nova cidade ganham uma ponte, ainda que cindida. A língua grega não traduz somente a dor. A cura é saber: o corpo está sempre "entre nascer e morrer".

Maraíza Labanca
Escritora e doutora em literatura pela UFMG
Belo Horizonte, 28 de maio de 2024

1ª edição [2024]

Este livro foi composto em Baskerville e Quicksand e impresso pela gráfica psi7 na primavera de 2024.